OTHÈQUE DES SALONS

MANUEL COMPLET
DE TOUS LES

JEUX DE CARTES

contenant
LES RÈGLES DES JEUX CONNUS ANCIENS ET NOUVEAUX

PAR

ADHÉMAR DE LONGUEVILLE

1 franc

PARIS

LIBRAIRIE DE JULES TARIDE
2, RUE DE MARENGO, 2

MANUEL COMPLET

DE TOUS LES

JEUX DE CARTES

PARIS. — IMP. SIMON RAÇON ET COMP., RUE D'ERFURTH, 1.

BIBLIOTHÈQUE DES SALONS

MANUEL COMPLET

DE TOUS LES

JEUX DE CARTES

CONTENANT

LES RÈGLES DES JEUX CONNUS ANCIENS ET NOUVEAUX

OÙ L'ON EMPLOIE LES CARTES

PAR

ADHÉMAR DE LONGEVILLE

PARIS

LIBRAIRIE DE JULES TARIDE

2, RUE DE MARENGO, 2

1873

PRÉFACE

Le jeu ne doit être une habitude pour personne, et, cependant, nul ne doit ignorer les règles des principaux jeux. C'est dans ce but que nous offrons aux gens du monde un manuel complet de tous les jeux dans lesquels on emploie les cartes : nous nous sommes efforcé de rendre ces règles aussi claires et aussi intelligibles que possible, élaguant tout ce qui était inutile ou puéril.

Pour les difficultés, nous nous sommes rangé aux doctrines des maîtres et aux usages de la bonne compagnie.

Les cartes se prêtent à diverses combinaisons : on s'en sert pour consulter le sort, pour faire des *réussites* ou *patiences* ; nous avons cru devoir réunir ces combinaisons dans un volume à part, que nous offrirons sous peu à nos lecteurs; dans celui-ci, nous n'avons cherché qu'une chose, c'est de rassembler les règles de tous les jeux de cartes en usage dans le monde, et de fournir des règles sûres et simples.

Enfin, dans ce volume, comme dans tous ceux de la *Bibliothèque des Salons*, nous nous sommes proposé surtout de plaire à nos lecteurs; notre seule récompense sera si nous avons été assez heureux pour atteindre ce but.

MANUEL COMPLET

DE TOUS LES

JEUX DE CARTES

AMBIGU

Ce jeu, très-récréatif, se compose d'emprunts faits à la bouillotte, au whist et à d'autres jeux : on prend pour le jouer un jeu complet dont on retire les figures, de façon qu'il ne reste que 40 cartes qui conservent leur valeur naturelle, le dix étant la plus forte, et l'as la plus faible.

Le nombre des joueurs varie de 2 à 6 : chacun ayant mis son enjeu dans une corbeille, le sort désigne celui qui fera le premier. Celui-ci mêle les cartes, fait couper à gauche et donne deux cartes, l'une après l'autre, à chaque joueur en commençant par la droite.

Chaque joueur, en commençant par le premier en main, examine son jeu, et s'il en est satisfait, il s'y tient; sinon il écarte une ou deux cartes, que le donneur lui remplace.

Ensuite le donneur mêle les cartes du talon, et après la coupe distribue deux autres cartes à chaque joueur. Le joueur satisfait dit : *Je m'y tiens;* dans le cas contraire, il dit : *Je passe.* Chaque joueur qui passe écarte alors une ou plusieurs cartes, que le donneur remplace jusqu'à l'épuisement du talon. Si tous les joueurs passent, le donneur peut, en doublant son enjeu, forcer les autres joueurs de garder leur jeu, tout en conservant le droit de changer le sien.

Lorsque la distribution des cartes est finie, les joueurs satisfaits de leur jeu tiennent, les autres passent. Si personne ne tient, la poule est pour le coup suivant. Lorsque plusieurs joueurs tiennent, chacun d'eux peut relancer; mais si personne n'a tenu le premier renvi, celui qui l'a fait lève tout et se fait payer par les autres joueurs la valeur de ce qu'il a en points. Lorsque le renvi est tenu, les joueurs intéressés doivent abattre leur jeu, afin de connaître le gagnant.

Les chances de l'*ambigu* sont au nombre de six :

1° Le *point*, qui consiste dans la réunion de deux ou plusieurs cartes d'une même espèce; les cartes emportent par le nombre et non par les points : on ne compte les points qu'en cas d'égalité pour le nombre des cartes. Celui qui gagne par le point reçoit une mise de chaque joueur et gagne la poule et les renvis;

2° La *prime*, qui se forme par quatre cartes de couleur différente : elle emporte sur le point ; quand les quatre cartes renferment plus de 30 points, elles forment la *grande prime* et gagnent 3 mises; lorsqu'il y a moins de

30 points, c'est une *petite prime* qui gagne deux mises;

3° La *séquence* ou *tierce* est une réunion de 3 cartes qui se suivent; elle l'emporte sur le point et la prime et gagne 3 mises;

4° Le *tricon* ou *brelan* se compose de 3 cartes semblables, par exemple, 3 as, 3 deux, etc.; il l'emporte sur le point, la prime, la séquence et gagne 4 mises;

5° Le *flux* se forme par quatre cartes de même famille et gagne 5 mises;

6° Le *fredon* se compose de 4 cartes semblables : il l'emporte sur toutes les chances et gagne 8 mises; en outre, comme il forme un jeu double, puisqu'il renferme nécessairement une prime, il gagne 3 ou 2 mises suivant que la prime est double ou simple.

Les autres jeux doubles, tels que *tricon* et *prime*, *flux* et *séquence*, se payent aussi séparément.

Si plusieurs joueurs ont la chance gagnante, on gagne par les points et, en cas d'égalité de points, l'avantage est à celui qui se trouve le plus près à droite du donneur.

Le jeu de l'*ambigu* ne souffre point de crédit, c'est-à-dire qu'ou ne doit jouer, hors de la prise d'un joueur, que comptant.

BACCARA

Le baccara, qui est un jeu de hasard fort à la mode dans un certain monde, est très-prompt dans ses résultats et convient aux caractères impatients : il se joue entre un *banquier* et un certain nombre de joueurs appelés *pontes*. On y emploie deux jeux de cartes complets, et les cartes comptent pour leur valeur habituelle, c'est-à-dire que les as comptent pour un, les figures pour dix, et les autres cartes pour les points marqués.

Les pontes sont divisées par deux compartiments : l'un à droite, l'autre à gauche du banquier. Chacun des pontes pose devant lui la somme qu'il veut engager sur l'un ou l'autre de ces compartiments ; le banquier double provisoirement chacune de ces mises, sauf à savoir quel est celui qui, plus tard, en retirera la totalité.

Le banquier distribue deux cartes à chacun des pontes et à lui-même, en commençant par la droite et en les donnant une à une. Chacun des joueurs examine son jeu et si l'un d'eux a les points 9, 19 ou 29 dans ses cartes, il abat son jeu ; tous les joueurs font de même ainsi que le banquier. Celui-ci ramasse les mises des pontes qui ont un point inférieur au sien ; il perd avec ceux qui ont un point supérieur, et fait coup nul avec les joueurs dont le point est égal au sien. Si, après la distribution des deux cartes, aucun ponte n'est content de son jeu, le banquier offre une troisième carte au joueur qui la désire, et il s'en donne une à lui-même, s'il le juge à propos : cette troisième carte se distribue toujours à découvert. Les points de 10, 20, 30, se nomment *baccara*.

Lorsque personne ne demande plus de cartes, les pontes qui n'ont pas crevé abattent leur jeu ; le banquier gagne contre ceux qui ont un point plus faible que le sien, et perd contre ceux qui en ont un plus fort.

Le baccara étant absolument un jeu de hasard ne comporte aucune combinaison, il est difficile de savoir si l'on doit s'en tenir à son jeu ou demander carte : on doit se borner à chercher, prudemment et dans une certaine mesure, des nombres favorables qui sont 9, 19 et 29. Si un joueur, dans ses deux cartes, n'a que 3 ou 4 points, il peut demander carte; mais s'il a 5 ou 6, 15 ou 16, 25 ou 26, il fera bien de s'en tenir à son jeu.

BATAILLE

Cette partie se joue avec un jeu complet ou un jeu de piquet.

L'un des joueurs mêle le jeu, fait couper et distribue les cartes une à une à son adversaire et à lui-même jusqu'à la dernière.

Chaque joueur prend ses cartes sans en déranger l'ordre et sans les regarder; il les tient de la main gauche, la partie blanche en dessus. Celui qui n'a pas donné joue le premier : il tire de la main droite la carte de dessus et la retourne sur la table. L'adversaire fait de même.

La carte la plus forte emporte la plus faible. A ce jeu l'as est la plus forte carte.

Quand les joueurs mettent sur la table deux cartes de même valeur, par exemple, deux rois, il y a bataille;

chacun d'eux retourne encore une carte et la plus forte l'emporte.

Il en serait de même s'il y avait plusieurs batailles de suite, ou si les joueurs retournaient plusieurs fois de suite une carte de même valeur. Le joueur qui prend toutes les cartes de son adversaire a gagné.

LA BELLE

1. Ce jeu, qui est une variante du trente-et-un (voy. ce mot), se joue avec 52 cartes, entre un nombre indéterminé de joueurs, se compose de trois chances : la belle, le flux et le trente-et-un: on emploie trois corbeilles pour recevoir les divers enjeux.

2. Chaque joueur reçoit vingt-quatre jetons dont on détermine la valeur : il en met un sur la belle, deux sur le flux et trois sur le trente-et-un.

3. Le donneur est désigné par le sort : il distribue deux cartes à chaque joueur, puis une troisième à découvert ; la plus haute gagne la belle.

4. Ensuite le joueur qui a trois cartes de même couleur gagne le flux.

5. Pour le trente-et-un, on peut, pour améliorer son jeu, redemander des cartes; celui qui a trente et un, ou qui approche le plus de ce nombre gagne la troisième corbeille.

BÉSIGUE

Le bésigue, jeu fort récréatif, se compose d'emprunts faits au piquet, à la brisque, au mariage.

1. Le bésigue se joue à deux personnes avec deux jeux de trente-deux cartes : on cherche à faire 1,000, 1,500 ou 2,000 points.

2. Au jeu de bésigue, l'ordre et la valeur des cartes, considérées isolément, sont ainsi réglés : l'as vaut 11 points, le 10 en vaut 10, le roi 4, la dame 3, le valet 2 ; les autres cartes suivent la progression descendante, mais n'ont aucune valeur à l'exception du sept d'atout, qui vaut 10.

3. La valeur des cartes pour compter les points se règle de la façon suivante :

Quatre as.	100	points
Quatre rois	80	—
Quatre dames	60	—
Quatre valets.	40	—
Roi et dame de la même couleur. .	20	—
Roi et dame d'atout.	40	—
Le *bésigue :* dame de pique et valet de carreau.	40	—
Le *double bésigue* : deux dames de pique et deux valets de carreau	500	—
As, dix, roi, dame et valet d'atout	250	—

4. On tire au sort pour savoir qui donnera les cartes. Celui qui a la main mêle les cartes et les fait couper par son adversaire, qui commence le jeu. Chaque joueur donne à son tour. On distribue les cartes par deux, ou par trois et deux, jusqu'à huit, qui est le nombre habituel des cartes à ce jeu : cependant on peut le jouer avec neuf ou dix cartes.

5. Lorsque les cartes sont distribuées, on retourne la première du talon qui devient l'*atout*. Le donneur marque dix points, si l'atout est un sept. Si c'est une autre carte, celui des deux joueurs qui a le sept de même couleur peut l'échanger contre la retourne et il marque 10 points.

6. Le donneur place le talon à sa gauche ; son adversaire joue le premier. Après chaque levée, chacun des joueurs compte ses points et prend une carte au talon, de manière à avoir constamment le même nombre de cartes en main : c'est celui qui a fait la levée qui prend le premier.

7. On ne peut annoncer, ni montrer une carte, un mariage ou un groupe, qu'autant qu'on a fait la levée et avant de prendre la carte au talon. De même on ne peut montrer ou compter aucune carte, aucun mariage ou aucun groupe que séparément. Il est également interdit, dans le cours du jeu, de compter les cartes du talon, d'examiner les levées qu'on a faites et encore bien moins celles de son adversaire.

8. Tant qu'il y a des cartes au talon, on peut renoncer à la couleur demandée ; mais cela n'est plus possible

lorsque le talon est épuisé, et alors il faut, quand on le peut, forcer ou couper avec de l'atout. Quiconque n'observe pas cette règle compte à la *muette*, c'est-à-dire qu'il ne marque pas les points qu'il fait. Toutefois les points qu'il a faits avant le coup en litige lui demeurent acquis.

9. Lorsque le talon est épuisé, on ne peut plus montrer de cartes, ni compter de points. La dernière levée compte pour 10, à moins de conventions contraires.

10. Les joueurs font, à la fin de chaque partie, l'addition des points qui résultent des as et des dix qui se trouvent dans leurs levées respectives : ces as et ces dix sont ce qu'on appelle les brisques. Chaque brisque vaut dix points qu'on ajoute aux points faits pendant la partie.

11. Le premier joueur qui atteint le nombre de points indiqués gagne la partie. Il ne peut l'annoncer qu'après avoir fait une levée, avant l'épuisement du talon ou lorsque toutes les cartes ont été jouées.

12. Une carte peut servir à compter plusieurs fois ; ainsi un roi qui a compté dans un mariage compte encore dans un 80 de rois, et peut également compter dans un 250 s'il est d'atout.

Si, après avoir marqué un 80 de rois, on en réunit un nouveau, on peut le compter, mais à la condition expresse qu'aucun des quatre premiers rois ne sert. Du reste, il est d'usage, pour éviter les erreurs, de laisser devant soi, à découvert, les cartes qui ont compté : on peut les jouer à volonté.

13. En cas de mal-donne, on recommence sans perdre la main.

Pour bien jouer le bésigue, le joueur doit s'efforcer de préparer des groupes et des mariages, afin d'atteindre rapidement le nombre de points fixés pour gagner : il doit s'appliquer à se défaire de ses basses cartes et ne prendre qu'avec celles qui peuvent compter comme brisques. Toutefois on doit user prudemment de ces précautions dont l'abus pourrait compromettre le sort de la partie.

BÉSIGUE A TROIS

Il se joue avec trois jeux de cartes en suivant les règles indiquées pour le bésigue à deux. On distribue huit cartes à chaque joueur et la vingt-cinquième forme l'*atout*. Le jeu marche de gauche à droite.

Dans cette partie, trois dames de pique et trois valets de carreau réunis valent 1,500 points : ce coup, on le comprend facilement, se présente fort rarement.

BÉSIGUE A QUATRE

Cette partie se joue ordinairement avec partenaires, c'est-à-dire deux contre deux, et on y emploie trois jeux de cartes. On décide par le sort les joueurs qui doivent être ensemble : cependant ce choix peut se faire volontairement; on alterne à chaque partie.

Pour annoncer et compter, on suit la marche du bésigue à deux : les points de chaque association se cumulent dans le cours de la partie ; les levées sont rassemblées par l'un des associés, et la dernière ne compte que dix en faveur des deux associés qui la font.

On suit pour le jeu à quatre les mêmes règles que pour le bésigue à deux.

BÉSIGUE SANS RETOURNE

Dans cette partie, on ne retourne point l'atout, qui est indiqué par le premier mariage annoncé ; il s'ensuit forcément que la quinte majeure d'atout ou le 250 ne peut être annoncée qu'après l'apparition du premier mariage.

Le sept d'atout n'a aucune valeur dans ce jeu.

Les bésigues, 4 as, 4 rois, etc., se comptent comme dans le bésigue ordinaire, et on les compte quand ils se produisent alors même qu'il n'y a pas encore de mariage annoncé; il en est de même des autres cartes formant des points dont la valeur est la même qu'au jeu à deux.

LA BÊTE

(VOIR MOUCHE.)

BÊTE HOMBRÉE

1. Ce jeu, qui n'est qu'une variante et un diminutif de l'hombre (V. ce mot), se joue avec un jeu de piquet à 2, 3, 4 ou 5 personnes.

2. Chaque joueur reçoit un certain nombre de jetons dont on détermine la valeur.

3. Le donneur distribue cinq cartes en deux fois : il n'y a qu'une couleur de triomphe ordinaire : c'est le premier à jouer qui détermine la couleur, quand les autres joueurs passent sans renvier.

4. Les trois matadors sont le roi, la dame et le valet d'atout ; celui qui a, en outre, l'as et le dix de même couleur, a cinq matadors qui valent chacun un jeton.

5. Trois levées suffisent pour gagner le coup et faire codille.

6. Le joueur qui ne fournit pas ou qui ne force pas fait la bête.

Le reste du jeu a les mêmes règles que l'hombre.

BOG

1. Ce jeu se joue avec un jeu de piquet, lorsqu'il y a de 3 à 6 joueurs ; et avec un jeu complet, au delà de ce

nombre. A cinq, on retire du jeu de piquet les sept et un huit et on donne cinq cartes; à quatre, on retire les sept et deux huit et on donne 6 cartes; à trois, on retire les sept et deux huit et on donne 8 cartes; à six, on ne retire rien du jeu, et on donne 5 cartes ; dans tous les cas, il doit rester deux cartes au talon. Avec le jeu complet, on proportionne le nombre de cartes données à chaque joueur, de façon qu'il en reste toujours au moins deux au talon.

2. On doit avoir un carton circulaire divisé en 6 compartiments distincts : sur celui du haut, est écrit le mot *bog;* les autres portent à la suite, en commençant par la droite : le roi de carreau, le dix de cœur, le valet de trèfle, l'as de carreau et la dame de pique : on place ce carton au milieu de la table autour de laquelle se placent les joueurs.

3. Le *bog* consiste dans la réunion de deux cartes de même valeur, ex. : deux as, deux rois, etc.

4. Le *misti* est le valet de trèfle accompagné de deux cartes de même valeur.

5. Le *brelan* se compose de trois cartes semblables, et le *brelan* carré de quatre.

6. Le brelan carré l'emporte sur le brelan simple; celui-ci sur le misti, et le misti sur le bog, même sur deux bogs.

7. Les joueurs prennent chacun vingt jetons : le donnant met deux jetons sur la case du *bog*, et les autres joueurs sur la case qui est devant eux.

8. Le donneur distribue les cartes et retourne la pre-

mière du talon; il a le droit de l'échanger contre une des siennes, et si cette carte est figurée sur le tableau, il prend l'enjeu posé sur la case correspondante.

9. Chacun déclare à son tour s'il veut *boguer*, c'est-à-dire faire un enjeu sur le bog qui doit toujours être plus fort que la première mise. Ceux qui ne veulent pas boguer payent deux jetons à la case du *bog*. Les enjeux terminés, les joueurs qui ont bogué montrent leur jeu, et la combinaison la plus forte gagne le bog et prend les enjeux.

10. Les bogs réglés, le premier en cartes joue tant qu'il a des cartes qui se suivent sans considération de couleur; s'il est forcé de s'arrêter, la main passe au suivant qui joue de même. Celui qui abat un roi recommence dans la couleur qui lui convient.

11. Lorsqu'un joueur joue une carte représentée sur le tableau, il prend l'enjeu déposé sur la case correspondante en jouant sa carte, sinon il le perd.

12. Le joueur qui se débarrasse le premier de ses cartes gagne la partie et reçoit des joueurs autant de jetons qu'ils ont de cartes en main. Si parmi ces cartes, il en est qui sont au tableau, les joueurs qui n'ont pu les placer mettent dans la case correspondante autant de jetons qu'il s'en trouve déjà.

BOSTON

Ce jeu est d'origine américaine et date de la guerre de l'indépendance; toutefois il n'est qu'une modification du whist, avec lequel il a beaucoup d'analogie.

Dans ce jeu, le valet de carreau l'emporte sur toutes les autres cartes, et porte le nom de *boston*.

1. Le boston se joue à quatre. Chaque joueur doit avoir un panier renfermant 120 fiches, et au milieu de la table on place une corbeille destinée à recevoir les enjeux.

2. On emploie au boston un jeu de 52 cartes; l'as est la plus forte carte, et les autres suivent une progression descendante du roi au deux, mais le valet de carreau, le *boston*, est la plus forte. Cependant si la retourne est en carreau, le valet de carreau devient une carte ordinaire d'atout, et c'est le valet de cœur qui est boston.

3. La partie se compose de huit tours simples et deux tours doubles.

4. Les places sont tirées au sort et l'on ne peut plus en changer pendant tout le cours de la partie. Pour déterminer celui qui doit donner, on divise le jeu en quatre paquets devant chaque joueur et celui qui a le valet de carreau donne.

5. Celui qui donne met huit fiches à la corbeille, et chacun des autres joueurs en met quatre. Il faut avoir

soin que la corbeille soit toujours complète : c'est le premier qui doit y veiller et qui en est responsable.

6. On donne 13 cartes à chaque joueur en ayant soin de retourner la dernière qui indique l'atout.

7. Si une carte a été vue et que ce ne soit pas la faute du donneur, il recommence ; dans le cas contraire, la main passe au suivant.

8. On joue au boston presque toujours deux ensemble ; c'est-à-dire que l'on a un associé ou soutien. Huit levées sont nécessaires pour emporter la corbeille : cinq par le joueur qui demande et trois par son soutien. Ainsi donc celui qui voit qu'il peut faire cinq levées dans la couleur qui retourne dit : *Je demande*, et celui qui pense pouvoir en faire trois, dit : *Je soutiens ;* ainsi se trouve conclue, contre les deux autres joueurs, cette association fortuite.

9. Si les deux associés ne font pas huit levées, ils font la *bête*, c'est-à-dire qu'ils mettent dans la corbeille autant de fiches qu'elle en contient, et payent autant de fiches aux adversaires qu'ils ont perdu de levées ; si ce n'est qu'à la première, ils donnent une fiche de plus en forme de consolation.

10. Quel que soit le nombre de levées faites par chacun des associés, ils partagent, en cas de gain, toujours la corbeille également.

11. Lorsqu'ils font plus de huit levées, les adversaires payent autant de fiches qu'il y a de levées en excédant, toujours une de plus pour la première, ainsi qu'il est dit à l'art. 9 ; et de plus les honneurs, comme au whist.

Quelquefois on convient de payer les honneurs en dehors; c'est-à-dire que les demandeurs les payent s'ils perdent, comme on les leur eût payés s'ils eussent gagné. On convient quelquefois aussi de les faire entrer en compensation des levées perdues.

12. Lorsque les deux joueurs font toutes les levées, ils font le *chelem* ; ce coup est payé par seize fiches.

13. L'*indépendance* est un coup qui se joue seul, lorsqu'un joueur voit, par son jeu, qu'il peut faire huit levées, il dit : *Je demande une indépendance*, avant que celui qui est le premier en cartes ait joué. On reçoit en payement de ce coup 10 fiches de chaque joueur, on retire la corbeille et on reçoit les honneurs ainsi que les levées faites au-dessus de ce nombre. Si celui qui a demandé l'indépendance ne fait pas ses huit levées, il faut qu'il paye dix fiches à chacun des joueurs, ainsi que les levées et les honneurs, si l'on est convenu de les payer en dehors.

14. Lorsque tous les joueurs passent et qu'un seul demande, il lui suffit de ne faire que cinq levées; alors il retire la corbeille et on lui paye les levées qu'il aurait faites au-dessus de cinq.

15. Lorsque tous les joueurs passent, on remet quatre fiches à la corbeille, et on donne les cartes à nouveau.

16. Lorsque les trois premiers joueurs ont passé et que le quatrième demande, le premier peut revenir pour soutenir seulement, ainsi que le second et le troisième.

17. La coupe n'est pas obligatoire : ainsi tout en ayant de l'atout, on peut jeter une fausse carte, si on n'a pas

de la couleur demandée. Mais on est forcé de donner de la couleur demandée lorsqu'on en a dans son jeu.

18. On ne peut relever les cartes jouées pour voir ce qui a passé.

19. Il est très-important que, pour demander, il ne faut parler qu'à son tour.

Ainsi que nous l'avons dit, le *boston* ressemble au *whist* par la manière de le jouer ; cependant il est beaucoup plus animé par les efforts des joueurs pour éviter de faire *la bête* et par les efforts des autres pour les y amener.

BOSTON DE FONTAINEBLEAU

Il existe de nombreuses variétés de boston qu'il nous est impossible de récapituler ici, car leurs différences avec le boston ordinaire sont peu sensibles. Au boston de Fontainebleau, l'une de ces variétés, chaque joueur, en donnant, met 50 fiches à la corbeille. Celui qui, avant de jouer, déclare avoir cartes blanches, reçoit 10 fiches de chacun des autres joueurs.

La marche du jeu est semblable à celle du boston ordinaire.

BOUILLOTTE

La bouillotte, qui n'est que le brelan transformé, est un jeu qui date du Directoire.

1. La bouillotte se joue ordinairement à cinq : on prend à cet effet un jeu de piquet dont on supprime les sept. La mise de chaque joueur est de 5 jetons et 5 fiches valant chacune 5 jetons. Les places sont fixées par le sort.

2. Quoiqu'à ce jeu l'as soit la plus forte carte, il est cependant d'usage que le joueur qui a le roi donne le premier.

3. Avant que l'on donne les cartes, chaque joueur met 1 jeton au jeu ; celui qui fait ne met que le dernier. Le premier en cartes peut se *carrer*, en mettant au jeu autant de jetons qu'il y en a déjà, plus un ; le joueur suivant peut *décarrer* le premier en doublant l'enjeu, plus un jeton. L'avantage qui résulte d'être *carré* est que, si tout le monde passe, la carre et le jeu appartiennent à celui qui s'est carré, et qu'il a le droit de parler le dernier si quelqu'un fait le jeu.

4. Une fois les enjeux mis, le donneur distribue trois cartes, une par une, à chaque joueur, retourne la seizième, et met le talon à sa droite.

5. Le premier joueur, s'il n'est pas carré, parle le premier ; si son jeu lui paraît convenable, il annonce

qu'il voit le jeu avec le nombre de jetons posés, ou avec telle autre quantité de jetons ou de fiches qu'il lui plaît d'ajouter ; si son jeu n'est pas suffisant, il passe.

6. Lorsque le premier joueur a parlé, les autres répondent successivement soit en tenant le jeu couvert, soit en relançant celui qui a ouvert le jeu, c'est-à-dire en offrant de jouer un enjeu plus fort que celui qu'il a proposé.

7. Si plusieurs joueurs tiennent, alors que tout le monde a parlé, ceux qui ne tiennent pas découvrent leur jeu, et les tenants y puisent de quoi faire le leur.

8. Le plus fort point gagne le coup, c'est-à-dire celui qui a le plus de cartes de la même couleur, ou les plus fortes en points ; en cas d'égalité, c'est le premier en cartes qui gagne.

9. Les cartes ont la même valeur qu'au piquet, c'est-à-dire que l'as vaut 11 points, les figures 10, et les autres les points marqués.

10. Si tout le monde passe, chaque joueur remet un jeton, et on recommence le jeu. Cependant, si un joueur s'était carré, le jeu lui appartiendrait, ainsi qu'il est dit à l'article 3.

11. Tous les joueurs qui précèdent celui qui ouvre le jeu peuvent revenir, quoiqu'ils aient passé, et tenir le jeu ou même relancer; mais lorsqu'un des joueurs a ouvert le jeu, tous ceux qui ont parlé ensuite ne peuvent plus rien.

12. Lorsque celui qui a ouvert le jeu est relancé, il a le droit de relancer à son tour.

13. Lorsque plusieurs joueurs tiennent, c'est au premier, après celui qui a ouvert le jeu, et les autres ensuite, à déclarer s'il tient *sans plus*, c'est-à-dire sans vouloir jouer plus que le jeu; quelque mode qu'il ait choisi, celui qui vient ensuite peut relancer, et alors tous les joueurs qui le précèdent sont obligés de tenir, ou s'ils renoncent ils lui payent le nombre de jetons pour lequel il s'est engagé.

14. Nul joueur ne peut jouer plus qu'il n'a devant lui, c'est ce qui s'appelle faire son *va-tout*. Au reste, dans ce cas, on ne gagne qu'autant qu'on a hasardé, quoique les enjeux soient plus forts.

15. Lorsqu'un joueur a perdu tout ce qu'il a devant lui, il se retire et fait place à un autre; si personne ne se présente pour prendre sa place, il est autorisé à faire une nouvelle mise.

16. Le brelan se compose de trois cartes semblables : il l'emporte sur les autres jeux; ensuite les cartes prennent rang comme au piquet. Le brelan carré se présente lorsqu'un joueur ayant trois cartes semblables dans la main, la quatrième, semblable aussi, constitue la retourne : il a la priorité sur le brelan ordinaire.

17. Lorsqu'en donnant une carte se retourne, on refait; cependant on continue à donner pour vérifier s'il n'y a pas de brelans.

18. Le brelan simple reçoit 2 jetons de chaque joueur; le brelan carré en reçoit 4.

Ce jeu est très-amusant parce qu'il déroute tous les calculs et toutes les probabilités. Souvent, avec un jeu fait, on perd contre un joueur qui trouve dans le jeu de ceux qui passent de quoi rendre son jeu plus fort.

BRELAN

(VOY. BOUILLOTTE.)

BRISCAN

1. Le briscan se joue avec un jeu de piquet entre deux personnes qui cherchent à atteindre 600 points, ou plus, selon les conventions.

2. On décide au sort qui donnera. Le joueur désigné distribue cinq cartes en deux fois à son partenaire et à lui-même; il retourne la onzième carte qu'il met sous le talon.

3. Celui qui n'a pas donné les cartes joue le premier, puis, pour les coups suivants, c'est celui qui fait la levée.

4. A chaque levée les deux joueurs prennent une carte au talon; celui qui fait la levée prend le premier.

5. Les cartes ont leur valeur dans l'ordre suivant : roi, dame, valet, as, dix, neuf, huit, sept.

6. Les chances sont indiquées ci-après et ont la valeur suivante :

Quinte majeure d'atout.	600 points.
Quinte au roi d'atout.	300 —

Quinte à la dame d'atout.	200 points.
Quinte au valet d'atout.	100 —
Quinte majeure.	300 —
Quinte au roi.	150 —
Quinte à la dame.	100 —
Quinte au valet.	50 —
Quatrième majeure d'atout. . . .	200 —
Quatrième au roi d'atout.	160 —
Quatrième à la dame d'atout. . . .	120 —
Quatrième au valet d'atout. . . .	80 —
Quatrième au dix d'atout.	60 —
Quatrième majeure.	100 —
Quatrième au roi.	80 —
Quatrième à la dame.	60 —
Quatrième au valet.	40 —
Quatrième au dix.	30 —
Tierce majeure d'atout.	120 —
Tierce au roi d'atout.	100 —
Tierce à la dame d'atout.	80 —
Tierce au valet d'atout.	60 —
Tierce au dix d'atout.	40 —
Tierce au neuf d'atout.	20 —
Tierce majeure.	60 —
Tierce au roi.	50 —
Tierce à la dame.	40 —
Tierce au valet.	30 —
Tierce au dix.	20 —
Tierce au neuf.	10 —
Quatre as.	150 —

Quatre dix.	100	points.
Quatre rois.	80	—
Quatre dames.	60	—
Quatre valets.	40	—
Mariage d'atout.	40	—
Mariage ordinaire.	20	—
Cinq figures dans le jeu.	20	—
Cinq cartes blanches dans le jeu. . .	20	—
Cinq atouts dans la main lorsque le talon est épuisé.	30	—
Retourne d'un as, d'une figure ou d'un dix	10	—
As d'atout.	30	—
Levée de la dernière carte du talon.	10	—

7. Le joueur qui a le plus de levées à la fin de la partie compte 10 points. Chaque joueur compte ensuite la valeur des cartes qui se trouvent dans les levées qu'il a faites, de la façon suivante : As, 11 : dix, 10 ; roi, 4 ; dame, 3 ; valet, 2. Lorsqu'un joueur fait la vole, soit 16 levées, il gagne la partie, quel que soit le nombre de ses points.

8. On peut échanger le sept d'atout contre la retourne, à la condition que cet échange ait lieu avant de jouer, pour la dernière levée du talon.

9. On peut renoncer tant qu'il y a des cartes au talon ; mais lorsqu'il est épuisé, il faut fournir de la couleur demandée, en forçant quand on le peut, ou couper.

BRUSQUEMBILLE

1. Ce jeu se joue avec plusieurs personnes dont le nombre varie de deux à cinq : on se sert d'un jeu de piquet entier lorsque les joueurs sont en nombre pair; on supprime deux sept lorsqu'ils sont en nombre impair. Si les joueurs sont au nombre de quatre, ils peuvent s'associer deux par deux; les associés ont alors le droit de se communiquer leur jeu et de se conseiller sur la manière de jouer.

2. On donne le nom de brusquembille à l'as et au dix, qui sont les plus fortes cartes; les autres prennent rang dans l'ordre suivant : roi, dame, valet, neuf, huit et sept.

3. Après les préliminaires habituels, le donneur distribue trois cartes, en une ou plusieurs fois; il retourne la première du talon, qui est la *triomphe* ou atout. Le premier joueur à droite jette une carte à sa guise, les autres font de même, et la levée appartient à celui qui a mis une carte supérieure, ou qui a coupé avec une triomphe. Ce dernier prend une carte au talon, et les autres joueurs en font autant à tour de rôle : on continue de la sorte jusqu'à ce que le talon soit épuisé.

4. On peut jouer telle couleur qu'on juge convenable sur celle qui a été jouée d'abord : on n'est nullement forcé de fournir ou de couper.

5. La partie se gagne en comptant les points réunis dans les levées de chaque joueur : celui qui atteint le premier le nombre fixé emporte les enjeux. Les points se comptent de la façon suivante : as, 11 points ; dix, 10 ; roi, 4 ; dame, 3 ; valet, 2.

6. La principale *brusquembille* est l'as de triomphe : celui qui la joue reçoit 2 jetons de chacun des autres joueurs. Celui qui fait une levée, à l'aide d'un autre as, reçoit aussi 2 jetons de chaque joueur ; mais si, après avoir joué un as, il ne fait pas la levée, il est tenu de donner 2 jetons à ses adversaires. Ceci s'applique également aux dix, seulement le payement n'est que d'un jeton par joueur.

7. On ne peut reprendre une carte jouée, alors même qu'on l'aurait jetée avant son tour.

8. Lorsqu'un joueur prend au talon avant son tour la carte d'un autre et la met dans son jeu, il doit la rendre à celui à qui elle appartient et lui payer la moitié de l'enjeu ; mais s'il n'a fait que la voir, il la laisse à qui de droit et paye 2 jetons à chacun de ses adversaires ; lorsqu'en tirant une carte au talon, on en découvre une autre, on est également obligé de payer 2 jetons à chaque joueur.

9. En cas d'association, si l'un des joueurs voit la carte qui revient à l'un de ses adversaires, ceux-ci peuvent recommencer la partie ; mais la partie continue si la carte doit revenir à son associé.

10. Si on a oublié de compter des points, on ne peut

redresser l'erreur qu'avant que les cartes soient mêlées pour une nouvelle donne.

11. Quiconque quitte la partie avant qu'elle soit finie perd son enjeu.

CHEMIN DE FER

1. Le jeu du chemin de fer n'est qu'une sorte de baccara où chacun des assistants devient banquier à son tour. Le banquier tient le jeu contre son voisin de droite qui devient le ponte : il y a seulement un banquier et un ponte. La galerie tient contre le banquier, et *vice versa* par l'intermédiaire du ponte.

2. Si le banquier propose une somme, le ponte peut faire *banco*. Néanmoins chaque assistant a le droit de proposer au banquier de tenir telle ou telle somme en plus du *banco*, sans que le ponte puisse s'y opposer.

Pour le reste du jeu, nous renvoyons nos lecteurs au baccara, dont les règles sont identiques.

CHEMIN DE FER ANGLAIS

1. Ce jeu se joue avec un jeu de piquet. Il y a un banquier et un certain nombre de pontes qui ne peut dépasser 16.

2. Le banquier mêle les cartes et les fait couper par chaque joueur à tour de rôle en commençant par la gauche; puis il place deux cartes à couvert l'une au-dessus de l'autre, autant de fois qu'il y a de pontes.

3. Ces deux cartes sont attribuées, en commençant par la gauche, aux joueurs qui suivent le banquier par la droite. Le banquier détermine les mises et le ponte pose son enjeu sur une des deux cartes qui lui sont attribuées, l'autre appartient au banquier.

4. Quand les mises sont faites, le banquier retourne les cartes. Si la carte sur laquelle la mise est posée, est la plus forte, le banquier double la mise; dans le cas contraire, elle lui est acquise; elle lui est acquise également lorsque les cartes sont de même valeur.

5. La valeur des cartes à ce jeu s'établit ainsi : roi, dame, valet, as, dix, neuf, huit et sept.

CINQ-CENTS

Le cinq-cents est un des aïeux du bésigue, avec lequel il a beaucoup d'analogie : il n'est guère en usage que dans le midi de la France

1. Le cinq-cents se joue à deux avec un jeu de trente-deux cartes. Celui qui donne distribue huit cartes, par trois, deux et trois, et retourne la dix-septième qui est l'atout.

2. La valeur des cartes s'établit dans l'ordre suivant : as, dix, roi, dame, valet, neuf, huit et sept.

3. Les points se comptent de la façon suivante :

Quinte majeure d'atout.	250	points.
Quinte majeure.	120	—
Quatre as.	100	—
Quatre dix	80	—
Quatre rois	60	—
Quatre dames	40	—
Quatre valets	20	—
Mariage d'atout	40	—
Mariage.	20	—
Binage ou valet de pique et dame de carreau	40	—
Sept d'atout, quand on le relève ou qu'on le retourne . . .	10	—

4. Celui qui a reçu les cartes joue le premier : on n'est pas tenu de fournir, de forcer ou de couper.

5. Le joueur qui fait la levée prend une carte au talon et son adversaire ensuite jusqu'à l'épuisement du talon ; une fois le talon épuisé, on est forcé de fournir, de forcer ou de couper.

6. Les points doivent être marqués aussitôt annoncés, sinon ils sont perdus. Le joueur qui annonce ou qui marque des points qu'il n'a pas perd la partie.

7. Le joueur qui a le sept d'atout peut l'échanger contre la retourne et compte dix points.

8. Les cartes qui ont compté dans un mariage ne peuvent compter dans une quinte et réciproquement.

9. A la fin de chaque coup, les joueurs comptent les cartes qu'ils ont dans leurs levées d'après la valeur ci-après : as, 11 points ; dix, 10 ; roi, 4 ; dame, 3 ; valet, 2.

10. Le joueur qui croit avoir suffisamment de points peut arrêter la partie dans son cours : il a gagné quand bien même son adversaire en aurait davantage ; mais il perd s'il lui manque des points.

11. Si à la fin d'une partie, les joueurs ont le même nombre de points, on rallonge la partie de 100 points et on continue à jouer d'après les règles ci-dessus.

12. En cas de mal-donne, c'est l'adversaire qui décide si la main doit changer, ou si l'on doit recommencer.

COMÈTE

(VOY. NAIN JAUNE.)

COMMERCE

1. Ce jeu se joue avec un jeu de cinquante-deux cartes : le nombre des joueurs peut varier de trois à douze ;

l'as est la première carte du jeu et vaut 11 points; les figures 10 points, et les autres valent les points marqués. Pour compter, on se sert de jetons de la valeur desquels on convient. Chaque joueur en met un au jeu en y entrant et l'ensemble de ces mises s'appelle la *poule*.

2. Le sort indique le banquier : celui-ci, après avoir rempli les préliminaires, distribue, en commençant par la droite, trois cartes à chaque joueur, en une ou en trois fois. Chaque joueur devient banquier à son tour.

3. Les chances de ce jeu sont au nombre de trois : le point, la séquence et le tricon.

4. Le point consiste dans deux ou trois cartes de même couleur : le point le plus fort gagne sur celui qui est inférieur.

5. La séquence se compose de trois cartes qui se suivent; ex. : l'as, le roi, la dame; le valet, le dix et le neuf. La séquence supérieure l'emporte sur l'inférieure; mais celle-ci gagne par préférence au point, quelle que soit sa valeur.

6. Le tricon est formé par trois cartes semblables, comme trois as, trois rois, etc. Le tricon supérieur l'emporte sur l'inférieur, mais celui-ci gagne par préférence au point et à la séquence.

7. Une fois les cartes distribuées, le banquier place le talon devant lui et pose cette question : *Qui veut commercer?* Chaque joueur successivement, en commençant par le premier en carte, après avoir regardé son jeu, répond qu'il veut *commercer pour argent* ou *troc pour troc*.

8. *Commercer pour argent*, c'est demander au banquier une carte du talon en échange d'une qu'on lui rend et qu'il place sous le talon, moyennant un droit d'un jeton. — *Commercer troc pour troc*, c'est demander à changer une carte contre l'une de celles du joueur de droite : cet échange ne paye aucun droit. De cette façon chaque joueur *commerce*, c'est-à-dire qu'il échange ses cartes jusqu'à ce qu'il ait trouvé un jeu qui lui plaise.

9. Dès qu'un joueur croit avoir un jeu favorable, il abat son jeu et les autres doivent cesser de *commercer* et conservent leur jeu tel qu'il se trouve. — De même lorsque le premier en cartes abat son jeu, s'en déclarant satisfait, les autres doivent s'en tenir au leur.

10. Une fois le *commerce* arrêté, celui qui a le plus fort point, la plus haute séquence ou le tricon supérieur, gagne la poule.

11. Si le point, la séquence ou le tricon sont égaux entre le banquier et les autres joueurs, le banquier gagne la poule par préférence.

12. Le banquier peut commercer au troc comme les autres joueurs. Lorsqu'il ne gagne pas la poule, il est obligé de donner un jeton au gagnant.

ÉCARTÉ

1. L'écarté se joue entre deux personnes avec un jeu de piquet. Il peut y avoir des rentrants, c'est ce qui s'appelle vulgairement jouer à cul-levé. La partie se joue en 5 ou 7 points.

2. On tire la main en coupant le jeu et en découvrant la coupe, l'adversaire fait de même avec ce qui reste des cartes. Le joueur qui ne découvre pas la coupe est réputé avoir coupé la plus basse carte. Celui qui, en coupant, découvre deux cartes, est censé avoir coupé la plus basse des deux.

3. Au contraire des autres jeux, c'est celui qui a la plus forte carte qui a la main : il y a avantage à donner à cause du roi.

4. Lorsqu'on joue en partie liée, la main suit. La main est considérée comme bien tirée, alors même que le jeu ne serait pas complet ou aurait des cartes de trop.

5. La valeur des cartes s'établit dans l'ordre suivant : roi, dame, valet, as, dix, neuf, huit, sept.

6. Celui qui a la main distribue cinq cartes en deux fois, la onzième forme la retourne ou atout et se place sous le talon à la droite du donneur. Pendant toute la partie, on doit suivre l'ordre adopté en commençant pour donner les cartes, soit par deux et trois ou trois et deux.

7. S'il se trouve une ou plusieurs cartes retournées dans le jeu et qu'on s'en aperçoive à la première donne, le coup est nul, à moins que la carte retournée soit la onzième, ce qui n'a aucune importance, puisque cette carte doit être retournée. — Si l'on ne s'en aperçoit qu'après l'écart et que la carte retournée revienne à celui qui donne, le coup est bon; mais si elle revient à celui qui reçoit, il a le droit de tenir le coup pour bon ou de le recommencer.

8. Si celui qui donne retourne une ou plusieurs cartes de son jeu, le coup est bon; si elles appartiennent au jeu de son adversaire, il finit la donne, et l'adversaire est libre de tenir le coup pour bon ou de recommencer.

9. Lorsqu'un joueur donne à la place de son adversaire et que l'on s'en aperçoit avant d'avoir retourné, on recommence. Le coup est bon, si l'on ne s'en aperçoit qu'après que l'on a joué ou écarté.

10. S'il y a mal-donne et qu'on s'en aperçoive avant que les cartes aient été vues, on répare l'ordre de distribution. Si celui qui reçoit les cartes, reconnaît qu'il en a reçu moins qu'il en demandait, et ce, avant que celui qui donne ait vu ses cartes, on répare l'erreur en rétablissant l'ordre de distribution. Lorsque les cartes ont été vues par les deux adversaires, si celui qui donne a une ou deux cartes de moins, l'autre joueur peut lui laisser prendre au talon de quoi se compléter, ou recommencer le coup en prenant la main; si celui qui donne a une carte de trop, son adversaire peut, à son choix, recommencer le coup ou tirer de son jeu une carte au hasard.

11. Lorsque le premier à jouer a une ou deux cartes de moins, il peut recommencer le coup en prenant la main ou se compléter au talon ; s'il a une ou deux cartes de trop, il peut les écarter ou recommencer le coup en prenant la main. Si ces cartes en plus ou en moins ne proviennent pas de la faute du donneur, mais bien de l'adversaire qui aurait écarté plus ou moins qu'il a demandé, celui-ci perdrait un point et le droit de marquer le roi. Le joueur qui, après qu'on a donné des cartes sur écart, joue avec plus de cinq cartes, perd le point ainsi que le droit de marquer le roi.

12. Lorsque le donneur retourne deux ou plusieurs cartes au lieu d'une, le premier à jouer peut rétablir la retourne dans son ordre régulier, ou la rétablir en mettant les cartes vues sous le talon, ou recommencer le coup en prenant la main.

13. Le joueur qui retourne un roi marque un point; celui qui a dans son jeu le roi d'atout marque un point; mais il doit l'annoncer avant de jouer. On peut encore annoncer le roi après l'avoir joué, à la condition qu'il ait été joué en premier et qu'il n'ait pas été couvert par l'adversaire; sinon on ne peut le marquer.

14. La retourne indique les cartes d'atout qui l'emportent sur les autres couleurs.

15. Celui qui a reçu les cartes joue le premier et ensuite celui qui fait la levée.

16. On est forcé de jouer la couleur annoncée ; si par exemple on annonce du carreau et que l'on joue du pique, l'adversaire a le droit de faire relever la carte pour

faire jouer du carreau. Cependant s'il juge que la carte jouée lui est plus avantageuse, il la couvre, et elle ne peut plus être relevée.

17. Celui qui joue avant son tour peut être forcé de relever sa carte, tant qu'elle n'est pas couverte ; en cas contraire, le coup est bon.

18. Lorsque le premier à jouer n'est pas satisfait de son jeu, il demande des cartes, en disant : *Je propose*, ou *si Monsieur veut*, ou toute autre formule équivalente, sans faire connaître le nombre de cartes qu'il désire. Si celui qui donne est dans les mêmes conditions, il accepte et demande : *Combien?* et donne alors à son adversaire autant de cartes qu'il en désire et en prend pour lui autant qu'il souhaite, et ce jusqu'à concurrence de cinq cartes. On ne peut refuser les cartes une fois qu'on les a demandées ou qu'on a accepté la demande. On peut demander de nouvelles cartes, dans les mêmes conditions, jusqu'à l'épuisement du talon.

19. On ne peut toucher aux cartes écartées : le joueur qui regarde son écart est obligé de jouer à découvert.

20. Si, après plusieurs donnes sur écart, le second accepte une nouvelle demande du premier, sans se rendre compte qu'il ne reste pas suffisamment de cartes, celui qui a demandé n'en est pas moins forcé de prendre des cartes ; s'il n'en reste pas assez au talon, il se complète en reprenant dans son écart.

21. Quand après la première donne, le premier à jouer propose et son adversaire refuse, ce dernier perd deux points s'il ne fait pas trois levées. Quand le premier à

joueur joue sans avoir proposé, il perd également deux points s'il ne fait pas trois levées.

22. Trois levées comptent pour un point et cinq levées, c'est-à-dire la *vole*, pour deux.

23. On est tenu de fournir, de forcer ou de couper selon la circonstance ; lorsqu'un joueur enfreint une de ces règles et qu'on s'en aperçoit, chacun reprend ses cartes et l'on recommence à jouer. Le fauteur ne gagne qu'un point s'il fait la vole, et ne gagne rien s'il fait le point.

24. La galerie a toujours le droit de signaler les erreurs.

25. Celui qui quitte la partie la perd. Si un joueur, par humeur ou mépris, a jeté et mêlé ses cartes, son adversaire marque deux points. Si le jeu de cartes est faux, le coup où l'on s'en aperçoit est nul, mais les précédents demeurent acquis.

26. Les parieurs ont le droit de conseiller le joueur pour lequel ils ont parié.

27. Les revanches, quand elles sont stipulées, ne sont valables que pour le gagnant : le perdant n'est pas obligé de les prendre.

28. Les paris doivent être réglés à chaque partie.

GUIMBARDE

1. La guimbarde se joue avec un jeu de cinquante-deux cartes et peut se jouer avec un nombre de personnes variant de cinq à neuf. Chaque joueur reçoit un certain nombre de jetons dont la valeur est déterminée. Cinq paniers sont destinés à recevoir les mises : le premier contient les enjeux relatifs à la *guimbarde* ou *mariée ;* le second, ceux du roi ; le troisième, ceux du fou ; le quatrième, ceux du mariage, et le cinquième ceux que doit emporter le point.

2. Les joueurs mettent dans chaque panier le nombre de jetons convenu ; le donneur, indiqué par le sort, distribue à chaque joueur, en commençant par la droite, cinq cartes, en les donnant par deux et trois ; il retourne la première carte du talon qui forme la triomphe.

3. Les cartes une fois en main, le joueur qui a la *guimbarde* ou dame de cœur, la montre et gagne ce qui est dans la corbeille affectée à cette chance. Celui qui a le roi de cœur emporte le panier du roi. Le valet de carreau gagne les enjeux qui sont dans la corbeille du fou. Le joueur qui a le roi et la dame de cœur prend la corbeille affectée au mariage. Puis on examine le point, qui doit comprendre au moins trois cartes de même couleur,

et le point le plus élevé emporte le panier contenant les enjeux du point.

4. Le panier du point étant gagné, chaque joueur y remet un jeton, et ces enjeux sont pour le joueur qui fait le plus de levées ; dans tous les cas, on ne peut gagner ces enjeux qu'en faisant au moins deux levées : le coup est nul si cinq joueurs font chacun une levée et l'enjeu resterait pour le point du coup suivant. Mais si deux joueurs font chacun deux levées, c'est le premier qui les a faites qui gagne.

5. Les cartes ont leur valeur dans l'ordre suivant : roi, dame, valet, as, dix, neuf, huit, sept, six, cinq, quatre, trois, deux).

6. Quelle que soit la couleur de l'atout, la *guimbarde* prime toutes les cartes ; ensuite le roi de cœur, et après le valet de carreau.

7. Le premier en cartes joue à sa guise, et les autres jouent, chacun pour son compte.

8. Celui qui a en main le grand mariage, c'est-à-dire le roi de cœur et la *guimbarde*, prend la corbeille affectée à cette chance, et reçoit en outre 2 jetons de chaque joueur.

9. Si ce mariage se produit en jouant, chaque joueur, celui qui avait le roi excepté, remet 1 jeton à celui qui avait la *guimbarde :* celle-ci enlève le roi.

10. Celui qui a en mains un mariage, autre que celui de cœur, reçoit 1 jeton de chaque joueur. Si le mariage est de rencontre, chaque joueur, celui qui avait la dame excepté, paye un jeton à celui qui avait le roi.

11. Si un joueur coupe le mariage de rencontre, il reçoit 1 jeton de ceux qui avaient le roi et la dame. Pour que le mariage de rencontre soit valable, il faut que le roi et la dame de même couleur soient joués l'un après l'autre.

12. Le roi de cœur, la guimbarde, et le valet de carreau ne peuvent couper un mariage de rencontre.

13. Le joueur qui a une dame, et qui vient immédiatement après celui qui a joué un roi de même couleur, est tenu de jeter sa dame, sinon il est obligé de payer 1 jeton à chaque joueur.

14. Le joueur qui a le *fou* ou valet de carreau reçoit en le jetant 1 jeton de chacun de ses adversaires ; mais si le fou était levé par le roi ou par la guimbarde, non-seulement il ne recevrait rien, mais encore il serait obligé de donner 1 jeton à celui qui l'aurait levé.

15. Quiconque renonce, ne force pas ou ne coupe pas quand il le peut, paye 1 jeton à chaque joueur.

16. Celui qui fait mal donne paye 1 jeton à chaque joueur et recommence à donner.

17. Quiconque joue avant son tour paye 1 jeton à ses adversaires.

HOC

1. Le hoc se joue entre deux ou trois personnes avec un jeu de cinquante-deux cartes : on donne quinze cartes

à chaque joueur, s'ils sont deux, et douze seulement, s'ils sont trois. On emploie, pour compter, des jetons auxquels on attribue une valeur avant de commencer le jeu.

2. Le roi est la carte la plus haute, et l'as la plus basse du jeu.

3. Les quatre rois, la dame de pique et le valet de carreau font *hoc;* elles sont assurées à celui qui les joue et peut les employer à sa guise ; il reçoit, en les jouant, 1 jeton de chacun de ses adversaires.

4. Le jeu comprend les quatre chances suivantes :

Le point, qui consiste dans la réunion de plusieurs cartes de même couleur : les figures comptant pour 10, les autres cartes pour les points marqués, l'as pour un. Les enjeux pour le point sont d'un jeton par joueur : le premier en cartes peut passer soit qu'il soit mécontent de son jeu, soit qu'il veuille renvier. Lorsque les renvis sont terminés, on fait connaître les points, et le plus élevé l'emporte. En cas d'égalité, c'est le joueur qui est à la droite du donneur qui gagne. Si tous les joueurs passent, le coup est double pour la fois suivante.

La séquence se compose de plusieurs cartes de même couleur qui se suivent immédiatement. Les enjeux pour la séquence sont d'un jeton par joueur. On suit la même marche que pour le point, on peut passer, proposer, renvier si on le désire. Quand les renvis sont terminés, on accuse les séquences ; les plus nombreuses l'emportent ; en cas d'égalité, c'est celle qui se rapproche le plus du roi qui gagne. Si cependant elles étaient absolument égales, la priorité serait acquise par le joueur placé à droite du donneur.

Le joueur qui gagne par la séquence gagne les enjeux de cette chance, ainsi que les renvis qui ont été faits, et chaque joueur lui doit 1 jeton si le jeu est simple, ainsi que la séquence, et 2 jetons lorsque le jeu est double.

Le jeu est double lorsque tous les joueurs passent à la fois et que la séquence est demeurée incertaine pour le coup suivant.

La séquence simple se compose de trois cartes; lorsqu'un joueur gagne avec une séquence composée du roi, de la dame et du valet, il reçoit 2 jetons de chaque joueur si le jeu est simple, et quatre s'il est double.

Le joueur qui gagne par une séquence de quatre cartes, reçoit 2 jetons de chaque joueur si le jeu est simple, et quatre s'il est double. Si cette séquence se compose du roi, de la dame, du valet et du dix, il reçoit 3 jetons dans le premier cas, et six dans le second.

La séquence de cinq cartes est payée au gagnant par chaque joueur, 3 jetons si le jeu est simple, six s'il est double. Si ces cinq cartes sont formées du roi, de la dame, du valet, du dix et du neuf, chaque joueur paye au gagnant 4 jetons dans le premier cas, huit dans le second. Les séquences supérieures sont payées dans les mêmes conditions que la séquence de cinq cartes.

Le *tricon* est la réunion de trois ou quatre cartes semblables, comme quatre rois, trois dames, etc. On procède pour cette chance de la même façon que pour les précédentes : les enjeux sont d'un jeton par joueur. Les renvis terminés, on annonce les tricons; le tricon de quatre cartes l'emporte sur celui de trois; quand il y en a plusieurs formés par le même nombre de cartes, le plus fort en points l'emporte sur le plus faible. Lorsqu'un joueur gagne, il compte et fait payer tous les tricons qu'il peut avoir en main.

Les tricons, outre les enjeux, se payent de la façon suivante :

Tricon de 3 cartes,	2 jetons,	jeu simple;	4	jeu double;
id. de 3 rois	4	id.	8	id.
id. de 4 rois	8	id.	16	id.
id. de 4 cartes	4	id.	8	id.

La quatrième et dernière chance est celle des cartes jouées et gagnées : pour gagner, il faut s'être défait le premier de toutes ses cartes. Le gagnant reçoit des autres joueurs autant de fois 2 jetons, qu'il reste de carte en mains au-dessus de 10 et 1 jeton pour chaque carte audessous. Un joueur à qui il ne reste que deux cartes, doit payer 4 jetons, et 6, s'il ne lui en reste qu'une.

5. Les cartes se jouent selon leur ordre et non selon leur couleur. Supposons que le premier en cartes ait une série de cartes qui se suivent depuis le neuf jusqu'au valet, il les joue successivement en disant : neuf, dix, valet *sans dame;* le suivant doit continuer en suivant et ains de suite; si les autres joueurs ne peuvent fournir la dame demandée, le valet joué par le premier forme un

hoc pour lequel celui-ci reçoit 1 jeton de chaque joueur.

6. Il est de la plus haute importance de se débarrasser d'abord de ses basses cartes.

7. Lorsqu'un des joueurs n'a pas la carte demandée, et qu'il possède un des *hocs* indiqués à l'article 3, il peut le jouer en place, et rentrer ensuite par telle carte qui lui convient.

8. Le joueur qui a cartes blanches reçoit 10 jetons de ses adversaires : si deux joueurs ont également cartes blanches, elles s'annulent réciproquement.

9. Un joueur qui, par erreur, fait une fausse annonce doit 5 jetons à chacun de ses adversaires.

HOMBRE

1. Ce jeu, originaire d'Espagne, se joue à trois, avec un jeu de cinquante-deux cartes, dont on a retiré les dix, les neuf et les huit, ce qui le réduit à quarante cartes. On se sert de fiches et de jetons dont on fixe la valeur.

2. La supériorité des cartes les unes sur les autres varie selon les couleurs.

En couleur noire, c'est-à-dire en trèfle et en pique, l'ordre s'établit ainsi : roi, dame, valet, sept, six, cinq, quatre, trois, deux. Les deux as noirs sont toujours triomphes.

En couleur rouge, c'est-à-dire en cœur et en carreau, l'ordre est le suivant : roi, dame, valet, as, deux, trois, quatre, cinq, six, sept.

3. L'as de pique s'appelle *spadille;* l'as de trèfle prend le nom de *baste*, et la dernière carte, dans l'ordre de sa valeur, se nomme *manille*. Par conséquent, pour la couleur noire, c'est le deux de trèfle ou de pique qui est manille; pour la couleur rouge, c'est le sept de carreau ou de cœur. *Spadille* est la première triomphe, *manille* la seconde, et *baste* la troisième : ces trois triomphes prennent le nom de *matadors;* cette dénomination s'étend aux cartes qui les suivent immédiatement quand elles les accompagnent. Par exemple, lorsqu'un joueur possède, avec les trois matadors, le roi, la dame, etc., ces cartes deviennent triomphes et sont payées comme les principales.

4. Les places des joueurs sont indiquées par le sort; chacun met au jeu trois jetons pour former la poule, et celui qui donne les cartes les distribue en trois fois à ses adversaires et à lui-même, de façon que chaque joueur ait neuf cartes. Il n'y a pas de retourne.

5. Le premier en cartes parle le premier et dit s'il joue ou s'il passe. Si tous les joueurs passent, chacun met deux jetons à la poule, et on recommence la donne. Si le premier en cartes joue, ses adversaires peuvent renvier.

6. Il y a deux degrés dans les renvis : *celui qui joue simplement* est renvié par celui qui déclare *qu'il joue sans prendre*, qui est renvié à son tour par celui qui dit

qu'il veut entreprendre la vole. Celui qui est renvié a le droit de repousser cette proposition par une proposition semblable, et la préférence lui est acquise.

7. Celui qui a déclaré vouloir jouer simplement et qui n'a pas été renvié, est appelé l'*hombre;* il est le directeur du jeu et a le droit de désigner la couleur dont il veut faire la triomphe. Il écarte de son jeu les cartes qui ne lui plaisent pas et les remplace par d'autres qu'il prend au talon; les autres joueurs peuvent faire de même, s'il reste au talon un nombre suffisant de cartes.

8. Lorsque les jeux sont formés, le premier en cartes jette la carte qu'il juge convenable, ses adversaires sont tenus de fournir des cartes de même couleur, sinon ils payent une amende convenue, ce qui s'appelle faire la bête. On n'est pas obligé de forcer, de même qu'on n'est pas tenu de couper.

9. Si on joue atout, le joueur qui n'a dans son jeu qu'un ou plusieurs des matadors, n'est point obligé de jouer atout; mais si l'on joue atout de spadille, les joueurs qui n'ont pour atout qu'un matador inférieur, comme manille, baste, etc., doivent le jouer. C'est celui qui fait la levée qui joue ensuite.

10. Le gain de la poule dépend du nombre des levées: l'*hombre* doit faire cinq levées pour la gagner; quatre levées suffisent également pour la lui faire gagner si aucun de ses adversaires n'en a fait autant. Si l'hombre ne gagne pas la poule, il *fait une bête,* c'est-à-dire qu'il paye autant qu'il aurait dû gagner. Il en résulte donc que

tous les efforts des joueurs doivent tendre à faire perdre l'hombre.

11. La demande de *gano* consiste à inviter le joueur associé pour la défense de la poule à laisser passer la carte qu'on a jouée.

12. Lorsque l'hombre gagne, il emporte non-seulement la poule ainsi que les bêtes produites par le coup, mais chaque joueur lui doit en outre trois jetons de consolation et un jeton pour chaque matador qu'il a.

13. Les matadors ne se payent pas lorsqu'ils sont entre les mains des autres joueurs.

14. Quand un joueur n'est pas l'hombre et qu'il fait à lui seul plus de levées que les deux autres joueurs réunis, il fait *codille*, c'est-à-dire qu'il gagne sans avoir fait jouer.

15. Le joueur qui joue contre l'hombre et qui fait cinq levées, gagne codille; il gagne également s'il fait seul quatre levées; mais, dans ce cas, il ne peut demander *gano* ni à la troisième ou à la quatrième levée. Il est expressément défendu à l'hombre de demander *gano* pour empêcher de faire codille; dans le cas où il enfreindrait cette défense, il est tenu de faire une bête.

16. Le jeu sans prendre se joue de même que le jeu simple. Seulement, dans ce cas, l'hombre, s'il gagne, reçoit quatre jetons de chaque joueur, outre la poule, des bêtes, des fiches de consolation qui lui appartiennent de droit; mais s'il perd, il paye, outre la bête, quatre jetons à chacun de ses adversaires.

17. La vole a lieu quand on fait toutes les levées; elle

s'entreprend, ou en renviant celui qui a joué sans prendre, ou en jouant encore après avoir fait les cinq premières levées. Dans les deux cas, les adversaires de l'*hombre* peuvent se montrer leur jeu et se concerter pour empêcher la vole. Si l'hombre la fait, il reçoit deux fiches de chaque joueur, et retire les passes, les bêtes qui vont sur le coup, ainsi que celles qui étaient réservées pour le coup suivant. S'il n'y a d'autres bêtes que celles du coup, ses adversaires doivent lui payer en outre une somme égale à celle qui est sur le jeu.

18. Si l'*hombre* ne réussit pas à faire la vole lorsqu'il l'a entreprise, il paye deux fiches à ses adversaires, qui se partagent les passes et les bêtes; de plus, l'hombre doit payer une somme égale à celle qu'il eût gagnée s'il avait réussi. S'il fait cinq levées, il est payé pour le jeu sans prendre, ainsi que pour les matadors qu'il possède.

19. Les *prétintailles* sont des hasards ou des combinaisons que présentent les cartes au jeu de l'hombre. Le joueur qui a une *prétintaille* et qui gagne, reçoit une fiche de ses adversaires; il la leur donne s'il perd. Voici les principales :

Le bon air. Réunion du jeu sans prendre et des quatre matadors.

La discorde. Les quatre rois.

Le charivari. Les quatre dames.

Le fanatique. Les quatre valets.

La chicorée. Trois ou quatre faux matadors dans la main de l'*hombre*.

La guinguette. Quand l'*hombre* n'a aucun as noir.

Le mirliro. Les deux as noirs sans matadors, ou l'as de trèfle et les deux as rouges.

La partie carrée. Trois rois et une dame.

Les yeux de ma grand'mère. Les deux as rouges.

Le parfait contentement. Réunion du jeu sans prendre avec cinq matadors.

IMPÉRIALE

1. Ce jeu, qui est un mélange du piquet et de la triomphe, se joue à deux personnes avec un jeu de trente-deux cartes. On décide par la voie du sort lequel donnera les cartes le premier.

2. On donne douze cartes en les distribuant trois par trois, ou quatre par quatre, mais en ayant soin de conserver le même mode pendant tout le cours du jeu. On retourne la vingt-cinquième, qui indique l'atout. Le donneur gagne un point s'il retourne une des cartes marquantes, qui sont le roi, la dame, le valet, l'as et le sept.

3. On place la retourne sur le talon, auquel on ne doit toucher sous aucun prétexte; si un joueur venait à regarder l'une des cartes du talon, son adversaire aurait le droit de faire recommencer le coup.

4. Le premier en cartes annonce d'abord son point

dans une couleur, l'autre joueur fait de même, et celui qui a le point le plus élevé marque un point. Si le point est égal, c'est le premier en cartes qui marque.

5. Quand il s'agit du point, l'as compte pour 11 ; mais dans le courant du jeu il prend place, pour la valeur, après le valet. Les points annoncés doivent être montrés.

6. Après le point on compte les impériales qu'on peut avoir dans son jeu : ce sont les quatre rois, les quatre dames, les quatre valets, les quatre as et les quatre sept, ainsi que les quatrièmes majeures de chaque couleur. Chacune de ces impériales, dites *de main*, vaut six points, et l'adversaire démarque les points qu'il avait déjà.

7. Celui qui a cartes blanches compte deux impériales qui l'emportent sur toutes les autres; seulement celui qui a les as ne peut faire démarquer les points de son adversaire. Si celui-ci possède des impériales de rois, de dames, etc., il les marque, et celui qui a les cartes blanches conserve les points acquis; seulement le coup ne se joue pas, et la main passe comme si on avait joué.

8. Si, dans les cartes blanches, il y a des impériales d'as ou de sept, elles se comptent en sus des deux impériales dont nous avons déjà parlé, et, dans ce cas encore, l'autre joueur ne démarque pas, et la main passe comme dans le cas précédent.

9. La partie se joue comme au piquet, tout en tenant compte des atouts, qui constituent une notable différence. Les cartes marquantes qu'on enlève à l'adversaire,

ainsi que celles qu'on lui prend par supériorité de figures, comptent chacune pour un point; on compte également pour un point les levées qu'on fait au-dessus de six. Six de ces points valent une impériale qu'on marque avec une fiche, en retirant les points qu'on a et en faisant démarquer ceux que l'adversaire aurait au moment.

10. On compte deux impériales lorsqu'on fait son adversaire *capot*, et celui-ci doit démarquer.

11. La partie se compose d'un certain nombre d'impériales ou fiches dont on convient à l'avance : celui qui les obtient le premier gagne.

12. On a le droit d'annoncer ou de montrer les impériales avant ou après que le point a été compté; mais on ne peut plus le faire dès qu'une carte a été jouée. La galerie a le droit de faire remarquer à un joueur les erreurs ou les négligences qu'il pourrait commettre.

13. On est forcé de fournir, de forcer ou de couper.

14. On doit annoncer la couleur que l'on va jouer, lorsqu'on est pour en changer.

LANSQUENET

1. Le jeu de lansquenet, fort à la mode sous Louis XIII et Louis XIV, se joue avec un ou plusieurs jeux de cinquante-deux cartes : il y a un banquier qui est désigné par le sort, et des pontes.

2. Après les préliminaires, la banquier annonce sa

mise : le premier joueur tient une partie de cette mise ou passe; s'il tient, tout le jeu est fait. Chacun parle jusqu'à ce que l'ensemble des enjeux des pontes atteigne la mise du banquier.

3. Lorsque le jeu est fait, il retourne une carte pour lui qu'il place à sa gauche; une carte à droite pour les pontes; puis il retourne les cartes successivement, jusqu'à ce qu'il en sorte une qui soit semblable à celle de gauche ou à celle de droite. Si la carte est pareille à celle de gauche, le banquier gagne et continue la main; dans le cas contraire, il perd, et c'est son voisin de droite qui devient banquier.

4. Si, du premier coup, le banquier amène deux cartes pareilles, il gagne.

5. Le banquier, après avoir gagné, peut quitter la main; s'il continue, il est tenu de laisser au jeu sa mise et son gain, jusqu'à ce qu'il perde.

6. Lorsque le banquier quitte la main, le joueur de droite peut refuser de prendre la banque; elle passe alors à son voisin ou, en suivant la droite, à celui qui veut la prendre.

LA MARIÉE

(VOY. GUIMBARDE.)

MISTIGRIS

(VOY. MOUCHE.)

MOUCHE

1. La Mouche, appelée aussi la Bête, le Mistigris, etc., se joue avec un jeu de piquet, lorsqu'il y a trois joueurs, ou avec un jeu complet quand il y en a davantage, afin de fournir aux écarts qu'on est obligé d'y faire.

2. Le sort désigne celui qui aura la main : celui-ci distribue cinq cartes en deux fois, et retourne la première carte du talon, qui indique l'atout.

3. Le premier en cartes examine son jeu, s'y tient ou change autant de cartes qu'il veut contre celles du talon, et ainsi de suite des autres. Ceux qui prennent des cartes au talon s'engagent par le fait à jouer; ceux qui ne sont pas satisfaits de leur jeu et ne veulent pas l'améliorer, en prennant des cartes au talon, ont le droit de passer.

4. Le joueur qui ne fait aucune levée fait la *mouche*, qui consiste en autant de marques qu'on est de joueurs et que celui qui mêle met seul. Il arrive souvent qu'il y a plusieurs mouches sur le jeu.

5. Chaque joueur joue à son tour et doit fournir, forcer ou couper, s'il y a lieu, sinon il fait la mouche et doit

payer autant de jetons qu'il y en a sur le jeu. Chaque levée vaut un jeton, si la mouche est simple, deux si elle est double, etc.

6. Si un joueur a cinq cartes de la même couleur, il gagne la mouche sans jouer. S'il y avait deux joueurs qui soient dans les mêmes conditions, c'est celui qui aurait les cinq cartes en atout qui gagnerait, ou celui qui aurait le plus de points, en comptant l'as et les figures pour 10, et les autres cartes pour les points marqués.

Il y a une variante de ce jeu appelée *pamphile* ou *mistigris*, où le valet de trèfle est l'atout permanent et par excellence, emportant les autres atouts dans quelque couleur que ce soit.

NAIN JAUNE

1. Pour jouer à ce jeu, il faut un tableau représentant au milieu un nain jaune tenant un sept de carreau; quatre cartes sont figurées aux quatre angles du tableau, ce sont : la dame de pique, le roi de cœur, le valet de trèfle et le dix de carreau. Ce jeu se joue avec un jeu complet et comporte de trois à huit joueurs. On suit les indications suivantes pour la distribution des cartes :

3 joueurs	15 cartes.
4 —	12 —
5 —	9 —
6 —	8 —

7 joueurs	7 cartes.
8 —	6 —

2. Chaque joueur reçoit une certaine quantité de jetons dont on détermine la valeur, et celui qui doit donner est désigné par le sort. Avant la distribution, les joueurs mettent un jeton sur le dix de carreau; deux sur le valet de trèfle; trois sur la dame de pique; quatre sur le roi de cœur, et cinq sur le nain jaune.

3. Le but vers lequel on doit tendre, c'est de se débarrasser de toutes ses cartes le plus rapidement possible et avant ses adversaires. Le premier à jouer commence donc en jetant celle qu'il lui paraît le plus avantageux de se défaire et joue toutes celles qui se suivent par valeur sans tenir compte de la couleur; quand il s'arrête, son voisin continue; la levée appartient à celui qui a joué, en dernier lieu, la carte la plus forte; il joue suivant les règles indiquées ci-dessus. Le jeu s'arrête quand un joueur a épuisé toutes les cartes qu'il avait en mains : les autres joueurs étalent leur jeu et payent au gagnant un jeton par chaque carte qui leur reste ou même pour chaque point que présentent leurs cartes, selon les conventions faites en commençant le jeu. Les figures comptent alors pour 10.

4. Quand on parvient à jouer une des cartes correspondantes à celles du tableau, on enlève la mise qui se trouve sur cette carte; mais si elles restent en main, on est obligé de doubler la mise.

5. Le coup fini, on garnit de nouveau le tableau, et

la main passe au joueur placé à la droite de celui qui a donné.

PAMPHILE

(VOY. MOUCHE.)

LES PETITS PAQUETS

(VOY. A LA FIN DE L'ARTICLE BANQUE.)

PHARAON

1. Ce jeu se joue, entre un banquier et des pontes, avec un jeu entier.

2. Le banquier mêle les cartes et demande aux pontes de faire leur mise, qu'ils peuvent faire à droite ou à gauche, chacun à sa volonté. La carte la plus forte fait gagner le côté où elle est posée, dont le banquier double la mise, tandis qu'il emporte les mises du côté opposé.

3. Lorsqu'il se produit un doublet, c'est-à-dire que les deux cartes sont semblables, le banquier emporte la moitié des enjeux de chaque côté.

4. Le banquier doit prévenir lorsqu'il ne lui reste plus que huit cartes en main.

PIQUET

1. Le piquet se joue ordinairement à deux avec un jeu de trente-deux cartes, c'est-à-dire dont les quatre couleurs se composent des cartes suivantes, indiquées selon leur valeur : as, roi, dame, valet, dix, neuf, huit, sept. Ces cartes valent les points marqués, à l'exception de l'as qui vaut onze ; les figures comptent pour dix.

2. On fixe le nombre de points dont doit se composer la partie, puis le sort décide quel est celui qui donnera : à cet effet, chacun tire une carte ; c'est la plus basse qui indique le donneur. Celui-ci les mêle et les présente à son adversaire, qui peut les mêler à nouveau s'il le juge convenable ; mais dans ce cas, le donneur mêle à nouveau. L'adversaire doit couper nettement et franchement en laissant plus de deux cartes dans le paquet de dessous. Le donneur distribue douze cartes soit par deux, soit par trois ; quel que soit le mode qu'il emploie, il est tenu de le conserver pendant tout le cours du jeu, à moins que son adversaire lui permette de changer.

3. Les huit cartes restantes sont divisées en un paquet de cinq et un de trois, que le donneur place en croix à sa gauche à peu près au milieu de la table. Le premier en cartes prend ces cinq cartes, quand il a écarté ce nombre de son jeu ; les trois sont destinées au donneur, qui doit en écarter autant ; il ne peut les prendre qu'autant que son adversaire a enlevé le paquet de cinq.

4. Le premier en cartes peut ne prendre que 2, 3 ou 4 cartes, mais il est absolument obligé d'en prendre au moins une. Il a le droit de regarder celles qu'il laisse sans toucher aux trois de l'autre joueur. Celui-ci, à son tour, peut prendre toutes les cartes du talon, celles laissées par son adversaire et les siennes; il peut aussi n'en prendre qu'une, deux ou trois; mais quel que soit le nombre qu'il prenne, il doit commencer par celles qui ont été laissées par le premier en cartes. Il a également le droit de regarder les cartes qu'il ne prend pas. Le premier en cartes peut voir les cartes laissées par son adversaire à la condition d'annoncer la couleur qu'il jouera. Cependant l'adversaire peut s'y refuser; dans ce cas, celui-ci ne peut regarder les cartes qu'il laisse.

5. L'écart est donc une des choses essentielles du piquet. On doit d'abord s'efforcer d'obtenir le point, c'est-à-dire de réunir dans son jeu le plus grand nombre possible de cartes de la même couleur, ensuite de faire un plus grand nombre de levées que son adversaire, ce qui s'appelle faire la carte; puis de faire des quatorze, c'est-à-dire de réunir 4 as, 4 rois, ou 4 dames, ou 4 valets ou 4 dix. Enfin il doit faire des tierces, des quatrièmes, des quintes, des seizièmes, des dix-septièmes et des dix-huitièmes. Il est difficile de donner des règles pour faire un écart; on doit sacrifier les cartes isolées qui n'ont aucune valeur et chercher à renforcer la couleur dont on a le plus de cartes en main; enfin on doit s'efforcer à conserver les cartes qui peuvent avec une rentrée favorable faire un quatorze, ou former des tierces, quatriè-

mes, etc. Mais ce n'est que par la pratique et les conseils de joueurs sérieux que l'on apprendra cette partie si difficile du jeu de piquet.

6. Le point, ainsi que nous l'avons dit, consiste dans la réunion de plusieurs cartes de la même couleur, en nombre supérieur à celles possédées dans les mêmes conditions par l'adversaire. Exemple : Un joueur a cinq cartes en cœur qui sont : l'as, le roi, la dame, le valet et le dix, son point vaut donc 51. L'adversaire a cinq cartes en trêfle : le roi, la dame, le valet, le dix, le neuf, son point ne vaut que 49; il est donc plus faible que celui de l'autre joueur, qui marque autant de points qu'il a de cartes, c'est-à-dire cinq. Deux points égaux s'annulent réciproquement.

7. Voici la nomenclature des diverses cartes qui se suivent dans la même couleur :

Tierce majeure : as, roi, dame ;
Tierce au roi : roi, dame, valet;
Tierce à la dame : dame, valet, dix;
Tierce au valet : valet, dix, neuf;
Tierce au dix : dix, neuf, huit ;
Tierce au neuf : neuf, huit, sept;
Toutes les tierces valent invariablement 3 points;
Quatrième majeure : as, roi, dame, valet ;
Quatrième au roi : roi, dame, valet, dix ;
Quatrième à la dame : dame, valet, dix, neuf ;
Quatrième au valet : valet, dix, neuf, huit ;
Quatrième au dix ou *basse :* dix, neuf, huit, sept;

Toutes les quatrièmes valent invariablement 4 points;

Quinte majeure : as, roi, dame, valet, dix;

Quinte au roi : roi, dame, valet, dix, neuf;

Quinte à la dame : dame, valet, dix, neuf, huit;

Quinte au valet : valet, dix, neuf, huit, sept;

Toutes les quintes valent invariablement 15 points;

Seizième majeure : as, roi, dame, valet, dix, neuf;

Seizième au roi : roi, dame, valet, dix, neuf, huit;

Seizième à la dame : dame, valet, dix, neuf, huit, sept; Toutes les seizièmes valent 16 points;

Dix septième majeure : as, roi, dame, valet, dix, neuf, huit;

Dix-septième au roi : roi, dame, valet, dix, neuf, huit, sept; Toutes les dix-septièmes valent 17 points;

Dix-huitième : as, roi, dame, valet, dix, neuf, huit, sept; elle vaut 18 points.

8. Les tierces, quatrièmes, quintes, etc., supérieures qui sont dans les mains d'un joueur annulent les tierces, quatrièmes, quintes, etc., inférieures de l'adversaire. La moindre quatrième annule la plus haute tierce; la moindre quinte annule la plus haute quatrième et ainsi de suite. Quand un joueur a une séquence reconnue comme bonne, il compte toutes celles qu'il peut avoir en mains, alors même que son adversaire en aurait de meilleures.

9. Nous avons expliqué à l'art. 5 ce que c'était qu'un quatorze. L'as, le roi, la dame, le valet, le dix, peuvent seuls faire des quatorze : les autres cartes ne le peuvent pas. Un quatorze, quelles que soient les cartes qui le

composent, vaut invariablement 14 points. De plus, 3 as, 3 rois, 3 dames, 3 valets, 3 dix, valent 3 points chacun. On applique aux quatorze les principes qui sont usités pour les tierces, quatrièmes, etc. (voy. article 8) c'est-à-dire qu'un quatorze d'as annule un quatorze de rois ; celui-ci annule un quatorze de dames, et ainsi de suite. Un joueur qui a un quatorze reconnu comme bon entre les mains compte 3 as, 3 rois, 3 dames, etc., s'il les a, et empêche son adversaire de les compter si celui-ci les possède.

10. Dans le piquet il y a trois hasards :

1° Le *pic* qui se produit lorsqu'un des joueurs compte un certain nombre de points et continuant en jouant jusqu'à 30 sans que son adversaire compte un seul point; alors au lieu de dire *trente*, il dit *soixante* et ajoute à ce chiffre les points qu'il peut faire ensuite.

2° Le *repic* a lieu lorsqu'un joueur compte dans son jeu, sans jouer, 30 points ; alors au lieu de dire *trente*. il dit *quatre-vingt-dix* et ajoute à ce chiffre les points qu'il peut faire ensuite.

Le pic ne peut être obtenu que par celui qui joue le premier; dans le cas contraire, l'adversaire a toujours compté 1 en jouant.

3° Le *capot* s'obtient par le joueur, qui fait toutes les levées : il marque 40 points. Cependant l'adversaire compte son point s'il en a un, ses tierces, etc., ses quatorze, enfin tout ce qu'il peut compter.

11. Un joueur qui, avant d'écarter, n'a pas une seule figure dans son jeu, compte 10 points de cartes blanches.

12. Lorsqu'on a écarté, on doit placer les cartes dans sa main de façon que d'un coup d'œil on puisse se rendre compte du jeu que l'on a.

13. Le premier à jouer annonce son point avant de jouer ; l'adversaire, après avoir examiné son jeu, lui répond si son point est bon, ou égal, ou ne vaut pas, selon que lui-même a un point inférieur, égal ou supérieur.

14. Lorsque le premier en cartes se borne à indiquer e nombre de ses cartes et que l'adversaire ait en main e même nombre, on compte les points.

15. Le premier en cartes, dont le point est reconnu bon, doit étaler les cartes qui le composent. Puis il annonce ses séquences, ses quatorze, etc., et les montre également s'ils sont reconnus valables ; puis il jette en carte en comptant un et en ajoutant les divers points qu'il vient d'annoncer. Exemple : Supposons qu'il ait en main six cartes, une quatrième et trois rois ; il compte 6 de cartes, 4 de quatrième, 3 de rois, en tout 13 et joue 14.

16. Une fois que le premier en main a joué, l'adversaire montre à son tour et compte ce qu'il peut avoir : il lève, s'il le peut ou le juge à propos ; en tout cas il est tenu de fournir, mais non de forcer. S'il n'a pas la couleur demandée, il jette la carte à laquelle il attache le moins d'importance.

17. Celui qui fait la levée continue à jouer.

18. Celui qui change de couleur doit l'annoncer.

19. On doit s'efforcer à faire plus de levées que son adversaire, ce qui vaut 10 points. L'art de faire la carte est difficile, ce n'est qu'en pratiquant qu'on peut l'acquérir.

20. La dernière levée vaut deux points.

21. Les douze cartes jouées, chaque joueur compte ses levées et marque ses points, et on continue la partie en changeant la main et en observant les mêmes règles.

22. Lorsqu'un joueur se donne treize cartes au lieu de douze, le premier en cartes a le droit de garder son jeu ou de faire refaire ; s'il garde son jeu, celui qui a treize cartes rétablit l'équilibre, en écarte une de plus qu'il ne doit en prendre au talon. Mais il faut absolument refaire lorsqu'un joueur a plus de treize cartes.

23. Le joueur qui, par une cause ou une autre, se trouve avoir plus de douze cartes en jouant compte *à la muette ;* c'est-à-dire qu'il ne peut compter le jeu qu'il a en main, ni les levées qu'il peut faire; tandis que son adcersaire compte tout ce qu'il a en main, alors même que son jeu serait inférieur.

24. Le joueur qui, par une raison quelconque, se trouve en jouant avoir moins de douze cartes, compte les points qu'il a dans son jeu et ceux qu'il fait en jouant ; mais comme il lui est impossible de faire la dernière levée, il ne peut faire son adversaire *capot*, et celui-ci compte deux points pour la carte qui lui reste en main.

25. Une fois qu'on a touché au talon, après avoir écarté, on ne peut plus reprendre son écart, alors même qu'on n'aurait pas écarté suffisamment ou qu'on aurait jeté trop de cartes.

26. Si on n'a pas écarté suffisamment, on prend autant de cartes qu'on en a écarté; si l'on a jeté trop de cartes, on en subit les conséquences, ainsi qu'il est dit à l'art. 24.

27. Quiconque touche au talon, avant d'avoir écarté, compte à la muette.

28. Celui qui a écarté moins de cartes qu'il n'en prend et s'aperçoit de sa faute avant d'avoir retourné une seule carte, ou mis sur les siennes, est admis à remettre ce qu'il a de trop, sans encourir aucune peine, si son adversaire n'a ni pris, ni vu les siennes; dans ce dernier cas, celui-ci aurait le droit de jouer le coup ou de faire refaire.

29. Celui qui donne deux fois de suite, peut, s'il n'a pas vu ses cartes, forcer son adversaire à donner, alors même que celui-ci aurait vu son jeu. Cependant dans la bonne compagnie, on met la donne de côté; pour le coup suivant, on prend un autre jeu et on régularise la donne.

30. Les erreurs commises par l'un ou l'autre joueur, en comptant le jeu, peuvent être rectifiées tant que la première carte jouée n'a pas été couverte.

31. Lorsqu'on annonce les tierces, les quatrièmes, etc. quatorze, on doit toujours commencer par la séquence la plus forte, sans quoi on s'exposerait à ne pouvoir la compter dans le cas où l'adversaire accuserait une plus forte séquence que celle que l'on aurait annoncée.

32. Lorsque la carte du dessus du talon, ou la première des trois qui reviennent à celui qui a donné, est retournée, il faut recommencer la donne; si c'est une autre carte du talon, le coup peut être maintenu. Mais s'il y a plusieurs cartes retournées, il faut absolument refaire.

33. Toute carte jouée ne peut se relever. Cependant si on renonce par mégarde, on peut relever la carte jouée pour fournir la couleur demandée.

34. Le joueur qui renonce lorsqu'il peut faire différemment, celui qui a vu les cartes du talon, peuvent être contraints par l'adversaire à jouer dans la couleur qu'il lui plaira d'indiquer.

36. Le joueur qui, croyant avoir perdu, jette ses cartes sur la table, ne peut les relever si son adversaire imite son exemple; de plus, toutes les levées sont acquises à l'adversaire, alors même qu'il n'eût pu les faire en jouant.

PIQUET A ÉCRIRE

1. Ce jeu ne diffère du piquet ordinaire que par la manière de compter.

2. Avant de commencer le jeu, on convient du nombre de rois ou de tours que comportera la partie. Un roi compte pour deux tours; le tour pour deux coups.

3. Un nombre indéterminé de personnes peuvent prendre part à une partie de piquet à écrire : deux joueurs tiennent les cartes, celui qui prend le moins de points cède sa place à un autre. On joue selon les règles du piquet, et à la fin de chaque coup on établit le compte de chacun des joueurs, en ayant soin d'établir sur une

feuille de papier autant de colonnes qu'il y a de personnes qui prennent part au jeu.

4. Le compte s'établit en défalquant du nombre de points le plus fort le nombre le plus faible et en portant la différence à l'avoir du gagnant. Ex. : Paul fait 70 points, Antoine en fait 30 ; on diminue 30 de 70 et on porte la différence qui est 40 au compte de Paul. Quand on a fait le nombre de tours convenu, on additionne les comptes et c'est le plus fort qui gagne.

5. On ne marque pas les points de 1 à 5 ; les points de 5 à 9 sont marqués pour 10. Le joueur qui gagne marque en outre 20 points de consolation en plus. Ex. : Paul fait 31 points de plus qu'Antoine, on ne lui en compte que 30, plus 20 de consolation : c'est donc 50 points qui sont marqués à Paul.

PIQUET NORMAND

OU PIQUET A TROIS

1. Ce jeu n'est autre chose que le piquet ordinaire joué à trois avec quelques modifications.

2. On distribue, par 2 et 3, 10 cartes à chaque joueur. Il en reste deux au talon que le donneur prend après qu'il en a écarté deux de son jeu.

3. Les points se comptent comme au piquet ordinaire.

4. Le joueur qui, en jouant, arrive à 20, compte 60. S'il compte vingt en mains sans jouer, il compte quatre-vingt-dix.

Celui qui fait le plus de levées compte dix de cartes : si deux personnes font quatre levées, la carte est dite égale et personne ne marque.

6. Si un seul joueur fait toutes les levées, il compte 40 de capot. Si deux joueurs font ensemble toutes les levées, un seul n'en faisant pas, ils comptent chacun 20 points de capot.

7. Le premier joueur qui atteint le nombre de points fixé se retire; les deux autres continuent la partie jusqu'à ce que l'un deux ait gagné : le dernier perdant paye l'enjeu convenu à ses adversaires.

PIQUET VOLEUR

OU PIQUET A QUATRE

1. Ce jeu est le piquet ordinaire joué à quatre, deux contre deux, avec les modifications suivantes :

2. On tire au sort la donne et l'association des joueurs: ceux-ci se placent de façon que les associés ne puissent jouer l'un sur l'autre.

3. On distribue 8 cartes deux par deux ou par 3, 2, 3: il n'y a ni écart, ni talon.

4. Les points se comptent comme au piquet ordinaire: les associés additionnent les points qu'ils ont dans leur jeu respectif.

5. Les deux associés qui font le plus de levées comptent 10 de cartes et 40 de capot, s'ils font toutes les levées.

POLIGNAC

1. Ce jeu se joue depuis trois personnes jusqu'à huit; on se sert d'un jeu de piquet et les cartes se distribuent d'après le nombre de personnes qui prennent part au jeu.

3 pers.	10 cartes	(on sup. le 7 de trèfle	et le 7 de cœur).
4 —	8 —		
5 —	6 —	—	—
6 —	5 —	—	—
7 —	4 —	(on supprime les quatre sept).	
8 —	4 —		

2. Le premier en cartes jette une carte quelconque: on n'est pas tenu de fournir ni de forcer. La levée appartient à celui qui a jeté la carte supérieure de la couleur de la carte jouée en premier. Celui-ci joue à son tour.

3. Celui qui fait la levée où se trouve le Polignac, c'est-à-dire le valet de carreau, perd l'enjeu convenu.

QUINZE

1. Ce jeu de hasard et de renvi se joue à un nombre indéterminé de personnes, depuis 3 jusqu'à 6, avec deux jeux complets de 52 cartes, que l'on combine de façon que l'un comprenne deux séries de trèfles et de piques; l'autre, deux séries de cœurs et de carreaux; de cette façon, il y a le jeu noir et le jeu ronge, ce qui peut empêcher les erreurs.

2. On tire au sort les places et la donne.

3. Chaque joueur se cave, c'est-à-dire qu'il place devant lui la somme qu'il lui convient de jouer et au delà de laquelle sa perte ne peut s'élever.

4. La valeur des cartes s'établit ainsi qu'il suit : les figures comptent pour dix, les autres pour les points marqués, et l'as pour un.

5. Les enjeux étant faits, le donneur donne à chaque joueur une carte qu'il prend sous le jeu.

6. On doit chercher à se rapprocher le plus du nombre 15; par conséquent, chaque joueur regarde la carte qu'il a reçue, et déclare, en commençant par le premier en cartes, s'il passe, s'il voit simplement le jeu, ou s'il propose une somme outre les enjeux faits.

7. Le premier qui propose peut être relancé pour un autre; il peut relancer lui-même.

8. Une fois les renvis terminés, les tenants, en com-

mençant par la droite du donneur, peuvent demander une carte, puis une seconde. Cependant il est bon d'agir prudemment, car le joueur dont le point dépasse 15 crève.

9. Les cartes distribuées, on compte les points : le joueur qui a 15 gagne; si personne n'a 15, c'est le point le plus rapproché qui gagne ; en cas d'égalité, c'est le joueur qui se trouve le plus près du donneur par la droite qui l'emporte.

10. Si tout le monde passe, on recommence en remettant de nouveaux enjeux.

RAMS

1. Ce jeu se joue avec un jeu de trente-deux cartes entre trois, quatre, cinq ou six personnes. Les cartes ont la valeur suivante : as, roi, dame, valet, dix, neuf, huit et sept. Quel que soit le nombre de joueurs, il n'y a qu'un gagnant et qu'un perdant.

2. La donne se tire au sort.

3. Chaque joueur reçoit un nombre de jetons qui varie entre 5 et 10.

4. Le donneur distribue 5 cartes à chaque joueur, et retourne la première du talon qui indique l'atout. Le donneur, s'il se tient au jeu, a le droit d'écarter une de ses cartes pour l'échanger contre la retourne.

5. Chacun, à commencer par le premier en cartes, dé-

clare, selon que son jeu est bon ou mauvais, s'il s'y teint ou s'il passe. Si tout le monde passe, le donneur fait *rams*, c'est-à-dire qu'il prend cinq des jetons qu'il a devant lui et les remet dans la corbeille.

6. Le premier à jouer jette une carte quelconque ; les autres sont tenus de fournir, de forcer et de couper, voire même de surcouper.

7. Chaque joueur remet dans la corbeille autant de jetons qu'il a fait de levées. Celui qui a tenu et qui n'a fait aucune levée reprend 5 jetons : il est *ramsé*. Les joueurs qui n'ont pas tenu conservent leurs jetons.

8. Le joueur qui s'est débarrassé de ses jetons le premier est le gagnant ; la partie se continue entre les autres joueurs afin de connaître le perdant, et celui-ci paye au gagnant le prix convenu.

9. Le joueur qui passe doit mettre ses cartes sur le talon sans les montrer. Un joueur qui gagne dans le courant d'un coup doit continuer à jouer dans l'intérêt des autres joueurs. Cette règle cesse lorsqu'il n'y a plus que deux joueurs en présence.

10. On fait aussi ce que l'on appelle un *mort* ou un *mioti*. C'est-à-dire qu'en admettant 5 joueurs, on donne un 6e jeu de 5 cartes qui est à la disposition du premier en cartes ; si celui-ci ne le prend pas, il appartient au suivant et ainsi de suite.

REVERSIS

1. Ce jeu se joue à quatre personnes avec un jeu complet dont on a supprimé les dix. On emploie une boîte comprenant quatre paniers carrés et une corbeille ronde. Chaque panier doit être d'une couleur différente et renfermer : 1° 5 jetons valant chacun 5 fiches, en tout 25 fiches; 2° 10 contrats valant chacun 10 jetons, ou 50 fiches, en tout 500 fiches; 3° enfin 20 fiches, de sorte que la valeur de chaque panier est de 545 fiches. La corbeille est destinée à recevoir les divers payements qui se produisent dans le cours du jeu.

2. On tire au sort les places et la donne; chaque joueur prend devant lui l'un des paniers et met 2 jetons dans la corbeille; le donneur en met trois. Cette mise se renouvelle chaque fois que la corbeille est vide, et à chaque donne, le donneur y met 1 jeton. L'ordre des cartes est celui-ci : as, roi, dame, valet, neuf, huit, sept, six, cinq, quatre, trois, deux. Comme valeur, l'as compte pour 4 points; le roi pour 3; la dame pour 2; le valet pour 1 ; les autres cartes n'ont aucune valeur.

3. Le donneur distribue, en trois fois, 11 cartes à ses adversaires et douze à lui-même. Il reste 3 cartes au talon : la première appartient au premier en cartes; la seconde au deuxième joueur, et la troisième au suivant ;

ceux-ci peuvent donc écarter une de leurs cartes pour l'échanger contre celle du talon qui leur revient.

4. Le donneur est forcé d'écarter une carte sans rien relever. Les quatre cartes qui restent, une fois les écarts faits, sont réunies et placées sous la corbeille.

5. La partie se joue comme à l'ordinaire, et le joueur qui fait le plus de points dans ses levées perd et paye à celui qui en fait le moins : en cas d'égalité de points, le gagnant est celui qui se trouve le plus près du donneur. Le gagnant prend alors les quatre cartes qui sont sous le talon et compte les points en ajoutant quatre points à chaque carte, et le perdant lui paye autant de jetons qu'il y a de points.

6. La partie peut se gagner d'une autre façon : lorsqu'un joueur se croit certain de faire toutes les levées, il s'arrange dans ce cas à les faire, et s'il réussit il fait le coup de *reversis* pour lequel il reçoit, outre la remise, 32 fiches du joueur placé en face de lui et 16 de chacun des autres.

7. Si le reversis est brisé à l'avant-dernière carte, on paye à celui qui fait cette levée ce qu'on aurait payé au gagnant; si c'est à la dernière carte, on le paye double avec la remise : ces deux cartes se nomment l'*avant-bonne* et la *bonne*.

8. Il est deux chances du jeu appelées le *quinola* et l'*espagnolette* qui se trouvent annulées par l'entreprise du *reversis*. Le joueur qui fait neuf levées successives est réputé avoir entrepris le reversis.

9. Le *quinola* est le valet de cœur, qui est la plus forte

carte du jeu : celui qui parvient à placer cette carte en renonce forcée, gagne la remise; mais s'il est obligé de la jouer sur du cœur, il paye la remise : c'est ce qui s'appelle *forcer le quinola*. Lorsqu'on joue le *quinola* à l'avant-dernière ou à la dernière carte, on ne gagne pas la remise, alors même qu'on fait le *reversis*, mais on se fait payer ce dernier coup.

10. On appelle *espagnolette* la réunion du *quinola* et de trois as, ou de quatre as dans la même main : cette chance donne le droit de renoncer en toutes couleurs pendant les neuf premières levées, mais comme il doit fournir de la couleur demandée aux deux dernières levées, s'il fait une seule de ces deux levées, il perd et paye tous les frais de la partie. Ainsi il paye la partie, comme d'habitude, à celui qui l'a gagnée ; ensuite il fait la remise, qu'il ait placé ou non le *quinola*, s'il le possédait; enfin, il paye double les as aux joueurs qui les lui ont déjà payés.

11. Celui qui a l'*espagnolette* est libre d'user de son droit de renonce ; il peut jouer son jeu comme à l'ordinaire. Il ne perd pas non plus son droit en fournissant de la couleur demandée, pourvu que la couleur ne lui reste pas. Il peut rompre un *reversis* et alors il touche les droits ordinaires, en dehors de ses droits d'espagnolette. S'il entreprend reversis, sa chance d'espagnolette se trouve annulée par le fait.

12. Le joueur qui donne un as en renonce reçoit une fiche de celui qui fait cette levée ; si c'est l'as de carreau, il en recevra deux; si c'est le *quinola* en renonce, il

recevra 1 jeton. De même que le joueur à qui l'on force un as paye 1 jeton à celui qui force, et deux si c'est l'as de carreau. Si quelqu'un force le *quinola*, il touche 1 jeton de chaque joueur, et deux de celui qui avait le *quinola*.

13. Ces payements sont toujours doubles pour les vis-à-vis, ainsi que toutes les fois que le coup se fait à la dernière levée.

14. Le joueur qui fait mal-donne met 1 jeton au panier, ou la donne passe au suivant. Si l'écart est fait quand l'erreur est relevée, le coup est nul : le donneur met 4 jetons au panier et il perd la donne.

15. Tout joueur qui, sans avoir écarté, regarde sa carte au talon ou en découvre une, ne peut ni gagner la partie, ni placer son quinola, ni faire le reversis. Il ne reçoit rien s'il rompt le reversis ou s'il force le quinola.

16. Quiconque joue avant son tour, paye 1 jeton au panier.

17. Quiconque renonce indûment, lorsqu'il n'a pas l'espagnolette, paye 2 jetons au panier et ne bénéficie pas du coup.

TONTINE

1. Ce jeu se joue avec cinquante-deux cartes en un nombre indéterminé de joueurs, qui reçoivent une certaine quantité de jetons et en mettent trois dans la corbeille destinée à recevoir les enjeux.

2. Le donneur, indiqué par le sort, après avoir accompli les préliminaires, donne à tous les joueurs une carte à découvert. Le joueur qui reçoit un roi prend 3 jetons dans la corbeille ; deux pour une dame et un pour un valet.

3. Pour un dix, on ne reçoit rien et on ne paye rien ; pour un neuf, on met 1 jeton dans la corbeille ; 2 jetons pour un huit, un pour un sept, deux pour un six, un pour un cinq, deux pour un quatre.

4. Celui qui a un trois paye 3 jetons à son troisième voisin de gauche ; celui qui a un deux, paye 2 jetons à son deuxième voisin de gauche, et enfin celui qui a un as paye 1 jeton à son voisin de gauche.

5. Les payements faits, la donne passe au suivant et la partie continue de la même façon.

6. Le joueur qui n'a plus de jetons devant lui n'est pas hors de jeu ; il peut lui revenir des jetons par les payements ; en tout cas, on ne peut perdre au delà de ce que l'on a devant soi.

7. Le dernier joueur à qui il reste des jetons, gagne la partie et encaisse les jetons qui sont dans le panier.

TRENTE-ET-UN

Ce jeu, auquel un nombre indéterminé de joueurs peuvent prendre part, se joue avec un jeu complet de 52 cartes.

1. On place sur la table une petite corbeille destinée à recevoir les enjeux : chaque joueur y dépose l'enjeu convenu et reçoit deux ou trois jetons. Celui qui donne distribue à chaque joueur et à lui-même trois cartes une par une, en ayant soin d'en retourner une à chaque tour.

2. Voici les diverses chances de ce jeu :

Le trente et un, qui est la chance la plus forte ; — *le brelan*, qui se compose de trois cartes semblables. 3 rois, 3 dames, etc. ; — *le mistigri* formé par le valet de trèfle accompagné de 2 cartes semblables.

3. Lorsqu'un joueur a 31 dans ses trois cartes, il abat son jeu et les autres joueurs font de même ; celui qui a le point le plus faible, paye un jeton. Si personne n'a 31 d'emblée, le premier à jouer a le droit d'échanger une de ses cartes contre une des trois qui sont retournées sur la table ; les autres joueurs ont le droit de faire de même en suivant l'ordre qu'ils occupent.

4. Le jeu s'arrête de deux façons : 1° lorsqu'un joueur se déclare content de son jeu ; 2° quand un joueur échange ses trois cartes contre les trois qui sont sur la table.

5. Le joueur qui n'a plus de jetons est *mort* et quitte la partie, qui se continue de la même façon jusqu'à ce que l'un des joueurs ait gagné tous les jetons et par conséquent les enjeux.

TRENTE-ET-QUARANTE

1. Le trente-et-quarante se joue avec six jeux entiers entre un banquier et un nombre indéterminé de pontes : on place sur la table deux cartons, un noir et un rouge.

2. Chaque ponte place son enjeu sur le carton qu'il choisit ; le banquier découvre alors, l'une après l'autre, une certaine quantité de cartes et ne s'arrête que lorsque les points qu'elles présentent ne dépassent pas *quarante* et ne sont pas au-dessus de *trente et un*.

3. Les figures comptent pour 10 et les autres cartes pour les points marqués, l'as pour 1.

4. Les cartes tirées en premier lieu sont pour la couleur noire, et celles qu'on tire ensuite pour la couleur rouge. Si le point amené pour la couleur noire approche le plus de *trente et un* que celui qui est amené pour la couleur rouge, les pontes gagnent une somme égale à

celle qu'ils ont mise sur le carton noir et le banquier l'annonce en disant : La rouge perd ; il encaisse les enjeux du carton rouge et double ceux du carton noir. Ceci s'applique à la couleur rouge quand elle approche le plus de trente et un.

5. Il y a *refait* lorsque les points des deux couleurs sont égaux ; mais s'ils sont de 31, le banquier encaisse la moitié des mises de chaque carton.

6. Il n'y a pas de fausse taille, toute carte en trop est mise de côté. Le banquier doit tailler à fond afin de prouver qu'il n'y a pas assez de cartes pour faire un nouveau coup.

7. Le banquier ne peut se prévaloir du saut de sa banque pour ne pas payer ce qu'il peut avoir perdu en excédant : c'est à lui, avant de tenir un coup, de voir s'il le peut.

TRIOMPHE

1. La triomphe se joue comme l'écarté, mais on n'écarte pas et on ne compte pas le roi : la partie est ordinairement de cinq points.

2. Le donneur, désigné par le sort, donne cinq cartes, et retourne la onzième qui est l'atout ou *triomphe*.

3. On est tenu de fournir, de forcer, de couper et de surcouper.

4. Le joueur qui fait trois levées; compte 1 point s'il fait les cinq levées ou *la vole*, il en marque deux.

5. Le joueur qui n'est pas satisfait de son jeu a le droit d'offrir 1 point à son adversaire. Si celui-ci accepte, le jeu continue comme à l'ordinaire, et l'acceptant marque 1 point; s'il refuse et qu'il ne fasse pas la vole, le proposant marque deux points.

6. On peut jouer la triomphe à quatre ou à six, en s'associant deux par deux, ou trois par trois; dans ce cas, les associés se mettent du même côté et peuvent se montrer leur jeu sans parler.

VINGT-ET-UN

1. Le vingt-et-un se joue avec un ou plusieurs jeux de cinquante-deux cartes qui ont toutes leur valeur nominale, entre un *banquier* désigné par le sort et un nombre indéterminé de *pontes*.

2. Les *pontes* se cavent, c'est-à-dire qu'ils mettent devant eux la somme qu'ils veulent jouer, sans dépasser un chiffre dont on convient.

3. Le banquier distribue deux cartes, une à une, à chaque ponte, qui en demande d'autres s'il n'a pas vingt et un, et qui s'y tient dans le cas contraire : l'as vaut 11 points ou 1, selon que le joueur y trouve son compte.

4. Le banquier donne des cartes à découvert à ceux qui en demandent.

5. Celui qui a plus de vingt et un crève : il donne son enjeu au banquier et met ses cartes au talon.

6. Le banquier se donne des cartes pour modifier son jeu s'il le juge à propos : s'il crève, il paye à chaque ponte autant qu'il a mis au jeu. S'il se tient, il abat son jeu : les autres joueurs font de même ; il double les enjeux de ceux qui ont un point supérieur au sien, et ramasse ceux des joueurs qui ont un point inférieur. Le coup est nul quand le point est égal entre le banquier et un joueur, mais entre eux deux seulement.

7. Quand un joueur a vingt et un du premier coup, il abat son jeu et le banquier lui double son enjeu ; si le banquier a aussi vingt et un, le coup est nul pour eux deux, et les autres joueurs qui n'ont pas le même point payent le double de leur mise au banquier. La banque est finie lorsque les cartes sont épuisées.

Nous n'énumérerons pas ici l'immense variété des vingt-et-un, nous ne signalerons que le vingt-et-un de poste, dans lequel on ne distribue qu'une carte qui vaut d'abord 10, plus sa valeur ; ex. : un sept vaut d'abord 10 plus 7 de points marqués, en tout 17.

WHIST

1. Ce jeu, d'origine anglaise, se joue à quatre personnes avec deux jeux complets, dont on se sert alter-

nativement. On joue deux contre deux, et les associés sont désignés par le sort; les places se tirent après chaque *robre*. Quand on le joue à six, il y a deux rentrants.

2. L'as est la plus forte carte, et les autres vont en descendant, à partir du roi jusqu'au deux.

3. On détermine avant de jouer la valeur de chaque fiche, ainsi que le nombre de celles de pari ou de consolation, à payer indépendamment de celles des parties du *robre*.

4. Les associés se nomment *partners* et s'asseyent vis-à-vis l'un de l'autre. Il n'est pas permis de changer de place ou de jeux, durant un *robre*, à moins que ce ne soit du consentement unanime.

5. Le donneur distribue les cartes une à une en commençant par la gauche, et retourne la dernière qui est l'atout. S'il y a mal-donne, on recommence, et le donneur perd la main.

6. Le premier à jouer est celui qui est à la gauche du donneur; il jette une carte, et chacun jette la sienne en suivant par la gauche.

7. La partie est gagnée par celui qui fait dix points.

8. Après six levées, chaque autre compte pour un point; il faut donc seize levées pour gagner. Six levées s'appellent *le devoir*; la septième prend le nom de *trick*.

9. On appelle *honneurs* : l'as, le roi, la dame, et le valet d'atout.

Trois honneurs comptent pour deux points et quatre honneurs pour quatre; les deux *partners* doivent les compter ainsi lorsqu'ils les réunissent.

10. Quand on a neuf points et qu'on n'a plus qu'une levée à faire pour gagner la partie, on cesse de compter les honneurs.

11. Si un joueur a huit points et son *partner* trois honneurs en main; il gagne en les montrant avant de jouer; il en serait de même, si, ayant les huit points et deux honneurs, son associé avait le troisième.

12. Les partners sont solidaires des fautes commises, comme ils le sont des gains et des pertes.

13. Chaque joueur reçoit quatre jetons pour marquer ses points et s'en sert de la façon suivante :

Un jeton.	1	point.
Deux jetons en ligne horizontale. .	2	—
Trois — —	3	—
Quatre — —	4	—
Deux jetons horizont. et un au-des.	5	—
Trois — —	6	—
Deux — et un au-dessous	7	—
Trois — —	8	—
Trois jetons perpendiculaires. . .	9	—

14. La *partie simple* est celle où les adversaires ont cinq points ou plus, elle se paye une fiche; *partie double*, quand ils ont quatre points ou au-dessous; elle se paye deux fiches; partie triple, quand ils ont trois points et au-dessous ou quand ils n'ont aucun point, elle se paye trois fiches.

15. On paye, outre les fiches gagnées par la partie

liée, autrement dit le *robre*, des fiches de pari ou de consolation; à moins de conventions contraires, elles sont deux.

16. Ainsi, dans ces conditions, lorsque deux partners ont gagné une partie double et une partie triple, il leur revient sept fiches; si les deux parties n'étaient pas gagnées de suite, il faut déduire le nombre de fiches qu'a rapportées aux adversaires le gain de la troisième partie; ainsi un robre, composé d'une partie double et d'une partie triple, doit être réduit à six fiches, si les adversaires ont gagné la troisième partie simple.

17. On appelle *chelem* le coup où les deux partners font la vole : ils gagnent huit fiches de consolation. Dans ce cas, on ne compte pas les points résultant des honneurs et des levées; quelquefois aussi on convient que le *chelem* ne comptera que pour le nombre de levées.

18. On ne peut renoncer quand on a dans son jeu de la couleur demandée. La renonce est punie par la perte immédiate de 3 points.

19. En cas de renonce réciproque, le coup est nul et la donne ne change pas de main.

Ce qui précède comprend les règles du jeu, mais il serait difficile de le jouer en se contentant de leur connaissance. Au whist, le hasard entre pour beaucoup dans les combinaisons; néanmoins le joueur habile et intelligent peut contre-balancer le hasard par des combinaisons qu'il apprend à apprécier avec l'expérience, mais qu'il serait impossible de formuler d'une façon exacte.

Cependant nous donnerons quelques indications dont le lecteur pourra tirer profit.

A moins d'avoir seul un jeu assez beau pour être sûr du *trick*, il faut compter sur son partenaire, deviner la composition de son jeu et lui faire connaître le sien, sans parler toutefois, ce qui est absolument interdit.

C'est par sa façon de jouer qu'un joueur fera comprendre à son partner la partie forte de son jeu, afin qu'il puisse régler sa manière de jouer sur la sienne.

On ne doit jouer ses cartes supérieures qu'autant qu'elles assurent une levée et qu'elles ne courent pas le risque d'être coupées.

Si on a une série de cartes qui se suivent, on joue une petite carte afin d'inviter le partenaire à les affranchir. Si celui-ci ne répond pas et joue une carte d'une autre couleur, c'est qu'il ne peut venir à votre secours, et que vous devez aller au sien.

Si on est fort en atout, après avoir indiqué son jeu, on épuise les atouts des adversaires, et on fournit ensuite une rentrée à son partenaire.

Quand on n'a pas d'atout dans son jeu ou qu'on veut les réserver, on jette les cartes inutiles, ce qui s'appelle se défausser.

Après ces quelques règles générales, nous répéterons ce que nous avons dit en commençant, ce n'est que par l'exercice qu'on peut apprendre ce jeu, l'un des plus intéressants des cartes.

LA BANQUE

Nous terminons cette nomenclature de jeux par l'analyse d'une façon de jouer qui est fort divertissante quand il y a beaucoup de joueurs.

On prend cinq ou six jeux de cartes complets : le sort désigne le banquier ; celui-ci propose aux pontes les jeux qui lui conviennent en les changeant à son gré. Voici la liste des jeux que l'on emploie dans cette circonstance.

La rouge et la noire : le banquier mêle les cartes, fait couper et demande à chaque ponte à tour de rôle la couleur qu'il désire ; il retourne une carte. Si elle est de la couleur demandée, il perd ; il gagne dans le cas contraire.

Sympathie ou antipathie : le banquier demande à chaque ponte : *Sympathie ou antipathie* ? Si celui-ci répond *sympathie*, il faut que les deux cartes soient de même couleur ; s'il répond *antipathie*, les deux cartes devront être de couleurs opposées.

Le quinze particulier : le banquier distribue, une à une, deux cartes à chaque joueur ; chaque joueur a le droit de passer si son jeu ne lui convient pas ; il perd sa mise, qui revient au banquier. Le joueur qui est satisfait de son jeu peut forcer sa mise, c'est-à-dire renvier ; le banquier le peut également ; quand les renvis sont terminés, on découvre les cartes, c'est le point de 15 qui gagne; si ce point-là n'existe pas, c'est le point le plus fort. Le joueur qui a plus de 15 crève. L'as vaut 11 points ou 1 point au choix du joueur.

Le lansquenet. (Voy. page 57.)

Les petits paquets : Le banquier mêle les cartes et fait couper; il divise le jeu en trois paquets; les pontes font leur mises sur deux paquets à leur choix; le troisième est réservé pour le banquier : les mises terminées, celui-ci retourne les paquets, de façon que c'est la carte inférieure qui compte; si la sienne est plus forte que celles des pontes, il prend les mises, dans le cas contraire, il double les mises. Si une carte est plus forte que la sienne et l'autre plus faible, il prend les enjeux de la plus faible et double ceux de la plus forte. L'as est la plus forte carte. 2 cartes pareilles sont en faveur du banquier.

Le vingt-et-un. (Voy. page 85).

L'âne bâté, se joue exactement comme les petits paquets, à cette différence près que le paquet du milieu se pose en travers des deux autres et appartient de droit au banquier.

Le makao. Le banquier distribue quatre cartes à chaque joueur; puis il fait devant lui deux rangées de quatre cartes : la première comprend les cartes à recevoir et la seconde les cartes à payer. On convient des mises, puis le banquier retourne la première carte de droite des cartes à recevoir. Supposons que ce soit un as, il dit : *Je reçois une fois les as ;* tous les joueurs qui ont un as dans leur jeu payent une mise. Le banquier passe à la seconde carte et, supposons que ce soit un roi : *Je reçois deux fois les rois*, tous les joueurs qui ont un roi payent deux mises ; le banquier prélève trois mises pour la troisième carte et quatre mises pour la quatrième.

Quand il arrive aux cartes à payer, le banquier procède de la même façon, à l'exception que c'est lui qui paye au lieu de recevoir.

Une carte pour chacun. Le banquier distribue une carte à chaque joueur et en place une devant lui : il lève les mises de ceux dont la carte est plus faible que la sienne et double celles des joueurs dont la carte est plus forte.

L'horloge. On fait les mises : le banquier jette treize cartes à découvert, en comptant de un jusqu'à dix et disant ensuite : *valet, dame, roi ;* s'il rencontre juste une fois, c'est-à-dire que la carte qu'il retourne soit bien celle qu'il énonce, il gagne ; il perd dans le cas contraire.

L'enflé. On distribue à chaque joueur un nombre de cartes dont on convient à l'avance. Le premier à jouer jette une carte à sa guise, du carreau par exemple ; chacun à son tour doit fournir du carreau sans considérer la valeur ; le tour marche jusqu'à ce qu'il se trouve un joueur qui n'en ait plus ; celui-ci dit : *J'enfle*, et il ramasse toutes les cartes ; celui qui est débarrassé le premier de ses cartes ramasse les enjeux.

TABLE

PARIS. — IMP. SIMON RAÇON ET COMP., RUE D'ERFURTH, 1.

[illegible]

[illegible]

[illegible]

PARIS. — IMP. SIMON RAÇON ET Cie, RUE D'ERFURTH, 1.